JESSICA KNOSSOW

Le Poulain

ROMAN

DENOËL

À Joseph, le premier père.

« Le monde est partagé entre ceux qui l'ont connu et ceux qui ne l'ont pas connu. »

Salomon Malka, *Monsieur Chouchani. L'énigme d'un maître du XXe siècle*

Je n'ai pas besoin de me déplacer. Je ne fais que t'attendre, debout, immobile, adossé à la clôture et les mains croisées sur la boucle de ma ceinture. Devant moi les nuances de vert se superposent, s'entremêlent parfois, et se confondent par endroits à l'horizon. Sur la plaine traversée par les rayons du jour naissant, à quelques centaines de mètres de moi, tu n'es pas plus gros que mon pouce, et tes mouvements sont à peine perceptibles. Pourtant tu es vivant, oui, et je ne vois que toi, qui tranches de ton corps roux et frêle le fond mouvant des herbes hautes.

Mon beau poulain, quand as-tu senti ma présence ? La légère pression de mon regard sur toi ? Vers 9 heures, peut-être, il m'a semblé voir ta nuque se dresser, tes oreilles se tendre vers le ciel. Ou alors un peu plus tard, quand tu t'es allongé, sabots repliés (était-ce pour moi ?), quand tu as oscillé d'un côté à l'autre, accueillant sur tes flancs offerts les premières chaleurs du jour. Ou bien quand tu t'es relevé et que tu m'as fixé – ou du moins l'ai-je cru – quelques secondes, gravement, la crinière défaite, avant de détourner la tête. C'est à ce moment-là, oui, sûrement, que tout a basculé. Le monde s'est transformé, a plongé en apnée, il s'est réduit à nous deux. Bientôt, et peut-être le sais-tu déjà, tu me mangeras dans la main, mon poulain.

Je ferme les yeux un instant. Je t'imagine, je redessine tes contours sur la toile noire de mes paupières, je prends contrôle de tes mouvements, et tu galopes dans une lutte exaltée contre le passage du temps.

Quand je rouvre les yeux, tu es un peu plus proche, grand comme mon poing. J'esquisse un sourire vainqueur, et déjà tu retournes sur tes pas, comme un poisson ferré qui se débat, comme si tu étais libre, comme si tu avais le choix. Le seau est à mes pieds, je pourrais l'agiter et faire sonner les grains, le glas de ta liberté, te faire venir plus vite encore, mais je ne suis pas pressé. C'est d'ailleurs mon seul avantage sur toi. Je la devine, ton impatience, et je m'en émeus, tes sabots qui écrasent les reliefs mousseux, et ton souffle, impétueux, qui ne fait trembler que les mouches. Pardonne-moi, je me moque, et calme-toi, va, ne t'inquiète pas : pressé ou pas, les années fileront et, en un battement de paupières, te laisseront gris et fané comme ton vieux maître.

Il est 17 heures, et tu es à quelques mètres de moi. L'ombre que tu projettes est gigantesque, et nous relie à présent. Ton exil s'achève. Ta lutte était agitée, fière, mais nous en connaissions tous les deux l'issue.

Approche-toi, viens, viens là, près de moi. Mange-moi dans la main, mon beau poulain, et avec l'autre je te flatterai l'encolure. Voilà, comme ça, c'est bien ! Ta nuque inclinée sentira une légère contrainte, mais essaye de la relever, tu ne le pourras plus. Le bleu du ciel, tu ne le verras plus. Ton ciel sera beige désormais, la paume de ma main ton seul horizon.

INTERNE

Dans les couloirs, on ne parlait que de lui. On l'appelait R, ou bien Papa, Tonton, le Patron, le Parrain. Parfois simplement *Il*. *Il* est là aujourd'hui ? *Il* fait quoi ? Je l'ai vu, *Il* porte une chemise bleue. *Il* a l'air pressé, et de mauvaise humeur. *Il* a une tache de café sur sa blouse. *Il* donne un cours à la fac. C'est vrai ce qu'on raconte ? Qu'*Il* n'incise que sur du Bach ? Absolument : les *Variations Goldberg* pour une transplantation hépatique. *Ave Maria* pour une colectomie. Et quand ça foire, c'est la *Toccata et fugue en ré mineur*. Là, c'est l'hémorragie. Les anesthésistes s'affolent, les machines s'emballent, l'arrêt cardiaque n'est pas loin. Ah oui, *Il* aime le café serré et sans sucre. Notez-le, parce qu'*Il* ne le précise jamais. Eh bien, il faut le savoir, c'est tout. *Il* ne prend qu'une garde par mois. Mais quand ? On ne sait pas, *Il* n'a pas d'emploi du temps. C'est au jour le jour. Tous les matins, *Il* note son programme sur le tableau, dans la colonne du bloc 1. Toujours au bloc 1, c'est son bloc. Les autres chirurgiens n'y vont jamais. *Il* ne veut pas. Est-ce qu'*Il* a le droit ? Mais quel droit ? Ici, le droit c'est lui. *Il* n'opère qu'avec ses panseuses fétiches, Maria ou

Jeanne. *Il* n'en veut pas d'autres. Elles calent leurs vacances en fonction des siennes, elles s'arrangent entre elles. Et parfois… parfois, *Il* prend un interne avec lui. Et là c'est comment ? Mais raconte. Allez, sois sympa, raconte ! C'est comment d'opérer avec lui ?

La rumeur s'estompa enfin, et autour de Pierre le silence se fit solennel. Avec mes collègues internes, on se tenait là, devant lui, en rang d'oignons – cinq oignons blancs – pendus à ses lèvres, admiratifs, envieux aussi. Je me demandai alors ce qu'il y aurait d'incroyable à réaliser une cholécystectomie avec le grand professeur Renavand. Comment s'y prendrait-il ? Il arracherait la vésicule biliaire au lasso ? Une main dans le dos, ou bien les yeux bandés ?

— C'est…

Pierre prit une ample respiration, puis leva soudain le menton et fixa le blanc du mur dans une apnée qui me parut interminable. Enfin, il soupira dans le vague, et que n'aurais-je pas donné pour voir ce qui se dessinait, à cet instant, dans sa mémoire, pour voir Pierre et le grand R réséquer une vésicule biliaire sans la toucher, et peut-être même qu'elle se détachait toute seule ? Qu'elle s'envolait et se posait dans le bac ? Pierre, bon sang, parle !

— C'est… un rêve.

Soupir. Je n'en saurais pas plus. Sur mon visage s'ébaucha un rictus, mais j'oubliai immédiatement ma frustration, je détournai la tête et portai mon regard sur le tableau blanc à quelques pas de moi – un tableau métallique de deux mètres sur un mètre cinquante, fixé au mur du sous-sol devant le poste de soins infirmiers, et partagé au feutre noir en six colonnes inégales dont la première, un peu plus large, s'intitulait « Bloc 1 ». Le seul accès – éphémère et partiel – à l'emploi du temps de R.

Ce jour-là – mardi 2 novembre 2010 – marquait le début du neuvième et avant-dernier semestre de mon internat. Encore un an de stage à Paris et j'aurais fini mes études de médecine. Je retournerais vivre à Amiens, où un poste de chef de clinique m'attendait au CHU. Je retrouverais mes parents. Je retrouverais Cédric.

Il était à peine 8 heures et les colonnes déjà chargées du tableau de service débordaient d'urgences, insérées çà et là en biais et au feutre rouge. Tout à gauche, celle de R demeurait vide. Je m'approchai, et remarquai en son centre une trace de bleu, un arc de cercle tronqué, vestige d'une lettre partiellement effacée. Une preuve de l'existence de R – puisque je ne l'avais jamais encore vu de mes yeux. Un court sillage bleu qui annonçait – était-ce un signe ? – le caractère fugace de ses apparitions. Car, j'en serais bientôt le témoin, R surgissait sans prévenir et disparaissait avec la même soudaineté, laissant son entourage étourdi, abasourdi et, dans certains cas, exsangue. *Il* avançait sur des rails, indifférent aux événements, aux gens – tout n'était que contingence – et qui l'aime le suive... Mais où ? La trace de feutre ne montrait pas la voie.

— C'est lui qui choisit, Emmanuelle. Et tu n'y pourras rien.

Pierre s'approcha et esquissa un sourire mi-complice, mi-railleur. Je penchai la tête sur la droite et le toisai, feignant de ne pas comprendre.

— Que veux-tu dire ?

— Ne fais pas semblant ! Comme nous tous, tu as pris ce stage pour travailler avec lui.

Et comme je ne répondais pas, il précisa :

— Avec Renavand.

Je me tournai vers mes co-internes. Pierre faisait erreur : il n'y avait pas de « nous tous », mais une grappe hétérogène de blouses blanches égarées. Et comment m'identifier à Mathieu, qui au semestre précédent avait confondu l'artère hépatique commune avec la voie biliaire principale, ou à Jérôme et Paul, internes de premier semestre vierges de toute chirurgie sur l'homme (les porcs ne comptent pas), ou – encore moins – à Ophélie, dont le ventre faisait saillie sous sa blouse, et qui disparaîtrait au milieu du semestre ?

Pierre, en revanche, avait déjà passé six mois dans le service. C'était la seconde fois qu'il choisissait ce stage. Il saluait les infirmières par leur prénom, tutoyait les chirurgiens et les anesthésistes. Il était sûrement déjà l'élève de R, peut-être même promis à un poste de chef de clinique dans le service à la fin de son internat, et ses sourires affichaient l'excès de confiance d'un vainqueur déjà couronné. Oui, Pierre était ici chez lui. Et, grand prince, il me lançait quelques miettes. Des miettes d'illusion. Des miettes de rêve. Je soupirai, peut-être un peu trop fort cette fois. Alors je me ressaisis, mon visage se radoucit, ma voix prit une inflexion plus engageante.

— Quels sont ses critères ?

— Personne n'a jamais compris. C'est l'élection divine. Mais s'il te choisit, il ne te lâche pas jusqu'à ta nomination. Il te garde un poste de chef de clinique. Il t'envoie en congrès présenter des études. Il te met premier auteur de chaque papier qui sort du service.

— Et puis ?

— Et puis c'est tout.

Comment ça, c'est tout ?

— Mais enfin, Pierre, continue !

— Tout doux, Emmanuelle, tout doux. Et puis... Et puis tu accumules des points SIGAPS à chaque publication. Tu passes devant le comité, il te fait nommer maître de conférences, puis professeur des universités. Ses anciens disciples ont tous fait une carrière incroyable. Regarde Gendrel, Ivanovitch, Martinez, Simeoni.

Pierre venait de prononcer les noms des chefs de service de chirurgie viscérale de quatre CHU parisiens. Quatre anciens élèves, aux carrières fulgurantes. Nommés professeurs avant quarante ans. Tous des hommes.

— Tous des hommes.

Je me figeai à la voix de Pierre. Comment avait-il deviné ? Il s'amusa de mon malaise, s'avança vers moi. Lui qui me dépassait d'une tête laissa choir son regard dans la poche avant de ma blouse où il aperçut ma brosse à dents coiffée d'un film plastique et mon chargeur de téléphone. Je reculai d'un pas, mais il comprit que j'avais prévu, déjà, avant même le premier jour de stage, de rester la nuit, de prendre la première garde du semestre.

— Ne te donne pas trop de mal, Emmanuelle. Tu n'as statistiquement aucune chance de devenir son élève.

— Il n'aime pas les femmes ?

— Si, si, bien sûr qu'il aime les femmes. Seulement, il ne les nomme pas.

La Pitié Salpêtrière. Au cœur des remparts, une ville. Une ville dans la ville. On y trouvait même des Abribus. Des espaces verts. Une chaussée et des trottoirs. Des lampadaires. Des gargotes et des terrasses. Un restaurant avec plat du jour. Des amphithéâtres. Une chapelle vaste comme une cathédrale. Accolés les uns aux autres, les bâtiments formaient des rues dans lesquelles les patients se perdaient avant d'implorer les blouses blanches qui croisaient leur chemin. En me dirigeant vers la chambre de garde, j'avais déjà été interpellée trois fois :

— Je cherche la consultation du professeur Gensard.

— Bonjour, mademoiselle, la rhumatologie ?

— Madame, madame, s'il vous plaît, je suis complètement perdu.

Moi aussi. Complètement perdue. À la Pitié, tout le monde cherche son chemin, même ceux qui y travaillent. J'aurais dû retirer ma blouse blanche, qui dépassait d'une dizaine de centimètres de mon manteau et me désignait comme soignante, comme sachante, et la rouler en boule dans mon sac à dos. Marcher vite, le regard ancré au sol, car s'il lambine, les patients s'y accrochent et exigent. Ils implorent, adjurent. Sangsues.

Impossible de retirer ma blouse, de me départir d'une couche. J'avais si froid. Ça faisait plus de quatre ans que j'avais froid. Froid dedans, dans le frigo du bloc. Les tenues bleu roi à manches courtes qui ne couvraient rien. La ventilation qui glaçait. Froid dehors. Paris. Le fond de l'air qui gelait les chairs, les contractait jusqu'à l'engourdissement, jusqu'à la brûlure. Le vent qui s'infiltrait sournoisement dans les interstices des vêtements, col, taille, emmanchures. L'air qui me comprimait la gorge et me faisait tousser. Quinte. Quinte flush. Je m'arrêtais. Ventoline, une bouffée, deux bouffées, le souffle reprenait et s'amplifiait.

Impossible de marcher vite, je ne savais pas où j'allais. Mon téléphone était ma boussole, je le tenais dans ma main droite, face vers le ciel, le point bleu avançait avec moi, hésitait, se trompait, rebroussait chemin, tâtonnait, puis se confondit enfin avec l'épingle rouge. Violet. J'avais trouvé !

Il me fallait contourner la silhouette gisante d'un sans-abri – une masse informe, inerte, épaissie d'un sac de couchage mauve sale, flanquée de plusieurs cabas et d'un chariot – puis grimper quelques marches. En pénétrant dans le hall du bâtiment, une odeur forte et âcre me saisit jusqu'à l'écœurement. De l'ammoniac ou du soufre. Le couloir était exigu, la chambre de garde austère. Un lit, un bureau, un casier ouvert. Un tabouret. Une cabine de douche et des w.-c. Les portes étaient taguées, les murs suintaient ocre, couverts d'inscriptions et de dessins explicites. Lentement, je m'avançai vers le miroir de la salle de bains et lui souris timidement.

Il était crasseux, moucheté de multiples macules cuivrées qui chargeaient mon visage d'une dizaine de taches de rousseur supplémentaires dont il n'avait pas vraiment besoin. J'en étais toute recouverte, d'éphélides : la plupart étaient minuscules, mais certaines formaient par coalescence des auréoles plus grandes, jusqu'à colorer des pans entiers de peau. À quelques mètres, ma robe paraissait rousse, mais à y voir de près, c'était un marbre blanc composite, hétérogène, ses éclats auburn, autant de petites flammes qui s'embrasaient sans se consumer, qui brûlaient sans calciner, et formaient sur mon corps une nébuleuse trouble et ardente. Je ramassai mes cheveux orange dans une queue-de-cheval haute, serrée, fuselée, qui disparut entièrement derrière ma nuque. Dans la lumière froide du spot, mes yeux brillaient d'un vert sombre, boueux. D'un vert soucieux : je me demandai quel chirurgien était de garde avec moi ce soir. Et si c'était R?

Je n'y croyais qu'à moitié. J'engloutis mon sandwich, qui resta coincé à mi-thorax, et le fis passer avec une canette de Coca Zéro. Je m'allongeai sur le lit, tout en gardant le téléphone du bloc opératoire à mes pieds – le maître de la nuit, celui qui tiendrait les rênes, celui qui m'épargnerait ou me sifflerait –, puis je mis mes écouteurs. Mon Deezer faisait pitié. Variété, rap, folk, il suffit! Puisque R écoutait J.-S., alors moi aussi, j'apprendrais à reconnaître préludes, fugues, suites et cantates, je me plongerais dans sa biographie et j'embrasserais son œuvre, je lirais les critiques, j'adouberais ou vilipenderais les interprètes, et je dirais à celui qui voudrait m'entendre, avec une moue dédaigneuse et l'accent des grands jours : « Bach au piano, franchement, on y perd par rapport au clavecin », ou bien : « J'ai moyennement apprécié l'interprétation de van der Weil de la quatrième fugue du *Clavier bien tempéré.* » Ou encore : « Les *Variations Goldberg*, pour moi, c'est Gould ou personne. »

Allez, va pour la *Passion selon saint Matthieu*, j'étais d'humeur christique. J'étendis les bras en croix, étirai les jambes jusqu'à toucher de la pointe de mes chaussures l'extrémité du lit. La musique se leva et m'emporta. C'est fou comme le monde peut fondre d'un coup, glace au soleil, flaque, ébullition, se réduire à un nom. Mozart, mais c'est qui déjà Mozart ? L'alphabet aussi s'était délité, perdant vingt-cinq lettres en une seule journée. Elles étaient tombées en poussière, s'étaient mélangées à la terre, jusqu'à ce qu'il n'en reste qu'une, posée au sol ; je me penchai, la ramassai, l'époussetai et la dévoilai : R comme le Roi. Quelque chose advint, ce soir, dans cette chambre de garde sordide. Mes yeux se fermèrent, l'orchestre et les chœurs entremêlés firent trembler mes paupières et je me dis que jamais, jamais je n'aurais échangé ma place contre une autre, jamais je n'aurais troqué cette odeur pestilentielle contre le parfum du plus luxuriant des jardins, mon sandwich au jambon contre le plus délicat des festins, et doucement, subtilement, dans le sommeil qui me prit, je me mis à sourire comme jamais je n'avais souri, d'un sourire pur et grand. Je me dis que je n'avais rien connu de plus fort que cet instant précis qui précédait la conquête, et je savais qu'un jour, quand mes rivaux – Pierre, les autres – se seraient évanouis, alors, enfin, je trouverais ma place auprès de lui, et jamais plus, jamais plus je n'aurais froid.

Tilulilu ! Tilulilu !

Sonnerie du diable, ce téléphone. Le sursaut fut violent, mes mains le cherchèrent pour le faire taire, je tâtonnai, je tremblai, enfin je le trouvai. Le numéro de l'interne des urgences s'affichait sur l'écran. Je décrochai.

— Oui ?

Ma voix était enrouée de sommeil. Je toussotai pour l'éclaircir et répétai, plus intelligiblement :

— Oui ?

— Homme de dix-huit ans, douleurs abdominales aiguës, diarrhées et défense en fosse iliaque droite.

— Fièvre ?

— Subfébrile.

— Bandelette urinaire ?

— Négative.

J'aurais bien dormi vingt minutes de plus.

— Tu lances une bio, tu me rappelles ?

— C'est déjà fait. Syndrome inflammatoire biologique. Hyperleucocytose.

Maligne, la collègue. Plus le choix, je me levai. Il était 23 heures, et ça sentait l'appendicite à plein nez. Dans la chambre de garde, le Christ souffrait encore et en boucle. J'éteignis la musique, et voilà, j'abrégeai son calvaire. J'enfilai hâtivement mon manteau sur ma blouse, enroulai mon écharpe autour de mon cou et sortis du bâtiment, descendant les marches pour rejoindre l'extérieur.

À peine avais-je fait un pas que mes chaussures butèrent contre quelque chose, je manquai de trébucher. Merde, le clochard. Entièrement enrobé d'obscurité, il s'était fondu au noir de l'asphalte. Je craignis de l'avoir réveillé, de l'avoir fâché, et je le voyais déjà se relever, caravagesque, le visage tordu dans un gémissement rauque, je l'imaginais se venger, m'assassiner, m'étrangler de ses mains géantes aux ongles noirs. Mais rien, pas un sursaut. Il demeurait immobile, somnolent, anesthésié par l'alcool sûrement, mort peut-être ?

Me revoilà, traversant au petit trot et en sens inverse la Pitié endormie, la Pitié désertée, la Pitié glacée, la ville dans la ville, imbibée d'anthracite, et dans la nuit défilèrent les espaces vert-de-gris, les chaussées et les trottoirs, les lampadaires, les gargotes et les terrasses, le restaurant avec plat du jour, les amphithéâtres, la chapelle vaste comme une cathédrale. Devant moi s'élevèrent des ombres géantes, les bâtiments dont on n'identifiait plus les contours, percés de mille petits carrés lumineux qui tranchaient la nuit comme des fulgurances, les carrés de souffrance, meurtrières illuminées, d'où s'échappaient toutes sortes de plaintes, rarement articulées, soupirs, sanglots, vociférations. Beuglements.

Les urgences de la Pitié. Pleines. Pléonasme. Ici, la grande salle des urgences, on l'appelle la « Cour des miracles ». À cause du monde, à cause du bruit. Mais les miracles, à l'hôpital, je n'en avais jamais vu. Ni ici ni ailleurs. Tous jouaient leur peau, tous voulaient survivre. Les patients à la maladie, les soignants à la nuit. Une dizaine de brancards embolisaient les couloirs, des patients se tenaient courbés dans toutes les positions, allongés, assis, prostrés, certains debout devant l'accueil, pour se montrer, car peut-être – oui, peut-être – on les avait oubliés. Il y en avait aussi qui faisaient les cent pas. Tiens, celui-là, en costume, cravate dénouée et chemise débraillée, j'avais l'impression de l'avoir vu cent fois. Il tournait en rond, pianotait sur son téléphone, s'énervait, et il croyait que ça changerait quelque chose.

Pauvre nanti, ton argent ne coupera pas cette file-là. Tu t'épuiseras vite. D'ici une heure, ton va-et-vient perdra en amplitude, puis tu t'assoiras, résigné, tes gestes se réduiront à un battement de pied, à quelques regards jetés à ta belle montre dorée, et puis le battement de pied s'arrêtera, et tu te tiendras immobile, comme les autres, avachi, défait, la tête vide et le regard absent.

Une jeune femme m'interpella.

— Salut. C'est toi l'interne de chirurgie ?

Je n'en croyais pas mes oreilles. Elle se foutait de moi ?

— Pardon, Alexandra, mais si je te reconnais, tu devrais me reconnaître aussi, non ?

— Attends, mais oui, laisse-moi me souvenir...

— Henri-Mondor, il y a trois ans.

— Ah mais bien sûr, Créteil. Emmanuelle, c'est ça ?

Connasse. Depuis quand les internes de médecine générale snobent les internes de chirurgie ?

— Bon. Il est où, ton patient chirurgical ?

— Box 2.

Dans le box 2, un jeune homme transpirait sur un brancard. Je lui demandai comment ça allait, il me répondit « Pas trop mal, docteur », mais je sentais bien qu'il mentait. La douleur, inscrite sur son visage, creusait ses traits et plissait ses yeux, si bien que son regard avait fondu. Je réchauffai mes mains glacées sous le robinet avant de les poser sur son ventre, de plonger, à gauche d'abord, pour ne pas le braquer, puis, doucement, à droite, mais les entrailles réagirent et durcirent aussitôt. Oui, c'était sûrement une appendicite. J'appelai le radiologue, je l'accompagnerais au scanner. Les images confirmaient : l'anse digestive borgne était épaissie, la graisse autour infiltrée.

Voilà. Il était 2 heures du matin, et j'avais une indication chirurgicale. Il me restait le plus difficile : réveiller le chirurgien senior. C'était l'opération la plus délicate d'une garde de nuit, car elle aboutissait en général à un reproche : « Pourquoi tu me réveilles pour ça ? », ou bien : « Pourquoi tu ne m'as pas réveillé plus tôt ? », parfois à une insulte : « Qui m'a foutu une conne pareille ? » À cela s'ajoutait le fait que ce médecin senior pouvait être R, et que s'il y avait bien une chose que je craignais, dans cette chienne de vie, c'était de contrarier R.

Je fixais le téléphone, me disant que toutes ces années d'études ne préparaient pas à ce genre de décision, appeler ou non, appeler maintenant ou plus tard, assurer qu'on n'avait pas pu faire autrement, argumenter que c'était la seule solution. Solidaire, le téléphone se mit à trembler avec mes mains, et j'avais à nouveau dix ans.

— Je vous écoute.

Il avait un accent. Mais lequel ? R avait-il un accent ?

— Oui, bonjour, c'est Emmanuelle, la nouvelle interne du service.

— Emilio à l'appareil.

Emilio, Emilio... un des chirurgiens du service, certainement.

— J'ai un jeune patient aux urgences, dix-huit ans, pas d'antécédent notable, douleurs abdominales depuis ce matin, fébricule, défense en fosse iliaque droite, appendicite confirmée au scanner.

— OK. Alors c'est quoi le problème ?

— Eh bien... c'est une indication chirurgicale. J'appelle un bloc ?

— Mais c'est une appendicite compliquée ? Une péritonite ? Quel est l'état du patient ? Ses constantes vitales ?

— Non, non, il va bien. C'est juste que je croyais que... enfin, c'est quand même une urgence.

— Et tu crois qu'on va opérer une appendicite non compliquée à 3 heures du matin, comme deux cow-boys dans la nuit ?

— Eh bien... oui ?

— Antibiotiques, tu le laisses à jeun et tu le réhydrates, tu l'inscris au programme demain matin. Le patient mérite d'être opéré par une équipe fraîche et reposée, tu ne crois pas ?

— Si, mais...

— Et si c'était ta mère ?

— Oui, bien sûr, évidemment.

— Alors écoute-moi bien, Emmanuelle, leçon numéro un, valable pour toute ta future brillante carrière de chirurgien, qui commence si bien : le patient, c'est ta mère.

Section – anastomose. En d'autres termes, on coupe et on suture. La chirurgie, si respectée, si encensée, si fantasmée, tient en deux mots. Des cours, des diplômes, des congrès, des colloques, des entraînements, des tenues spéciales, des protocoles d'asepsie, des bistouris, des lames, des pinces, pour deux gestes. On braque, on rafistole. À deux ou trois détails près.

La carrière d'un chirurgien tient à autre chose. Écrire des papiers, accumuler des points, se faire des alliés – puisque les amis n'existent pas – et décrocher une nomination.

Sur ce plan-là, R était une exception. Il n'avait rien écrit. Rien signé de son nom. Il était, à ce jour, le seul professeur universitaire n'ayant rien publié. Sur le grand moteur de recherche des publications scientifiques, dans la case « recherche par auteur », quand on tapait son nom rien n'apparaissait. Pas d'œuvre écrite, mais une transmission orale, des disciples, une religion. On ne jurait que par lui.

Renavand, c'était Jésus. Ou Socrate. Ou Zidane ? Car les grands chirurgiens ont ceci en commun avec les grands sportifs qu'ils modifient la pratique de leur discipline. Et R était un immense chirurgien. Dans le domaine de la transplantation hépatique, il avait tout changé. Dans les années 1980, les greffes hépatiques étaient principalement réalisées à partir de donneurs en état de mort encéphalique. Réséquer un morceau de foie à un donneur vivant – un membre de la famille – faisait courir trop de risques, et aboutissait à 20 % de complications infectieuses ou hémorragiques avec séjour en réanimation, et à 10 % de décès. Pour quelqu'un en bonne santé, une roulette russe à 10 %, c'était beaucoup trop.

En 1989, à seulement vingt-neuf ans, le tout jeune R, encore interne à la Pitié, avait mis au point une technique chirurgicale cœlioscopique qui réduisait le risque de décès du donneur de 10 % à moins de 1 %. 0,4 %, pour être exacte. L'article avait été publié la même année dans l'*International Journal of Surgery* par le professeur responsable du service, et les équipes du monde entier avaient pu vérifier l'apport de la « *Renavand hepatectomy* ». Les transplantations hépatiques explosèrent, la pénurie de greffons – facteur limitant de la procédure – appartenait désormais à une époque révolue. En 1990, donner un morceau de foie à un proche devint une intervention de *routine*. Les articles des années suivantes confirmèrent à l'unanimité les résultats de l'étude princeps. R fut consacré. Nommé professeur à trente-trois ans sur décision du doyen de la faculté Paris-VI, il avait repris la chefferie du service de chirurgie viscérale de la Pitié Salpêtrière à trente-cinq ans, après le décès de son prédécesseur. Les élèves affluèrent de la France entière, les stagiaires venaient de l'étranger pour travailler avec lui.

De son côté, R jouait aux petits chevaux et faisait les carrières de ses poulains, soufflant une idée à chacun, car, comme on le disait, *une carrière se bâtit sur une idée.*

1 idée = 15 papiers et 15 papiers = 1 carrière.

Ce jeudi 31 mars 2011, je fêtais mes vingt-huit ans. Et justement, si je voulais faire carrière, il me restait moins d'un an pour inventer une technique chirurgicale révolutionnaire. Ou pour devenir l'une de ses disciples. Parfois, découragée, je secouais ma tête dans le vide et me disais que la première option restait la plus vraisemblable.

Je m'étais fait une place ici, pourtant, et les semaines passant je me repérais mieux dans la ville dans la ville. J'avais appris les prénoms de tous, chirurgiens, anesthésistes, infirmiers et panseuses, et même des invisibles, aides-soignants, brancardiers, femmes de ménage. Je maintenais des rapports cordiaux mais distants avec mes co-internes. Quant à Pierre, depuis le jour – c'était un lundi – où il m'avait vue réaliser une hépatectomie gauche, il ne m'avait plus jamais prise de haut. Les plus grandes leçons se donnent en silence, n'est-ce pas ?

Entre les blocs, je souriais mécaniquement, je serrais les mains tout au long de la journée comme un homme politique. Je prenais toutes les gardes que je pouvais, et cette chambre qui sentait le rat en décomposition était devenue ma deuxième maison.

Ce jeudi 31 mars, je m'en souviens encore, je n'avais dit à personne que c'était mon anniversaire. À l'APHP, si on l'apprenait, on te demandait avant même de te féliciter pourquoi tu n'avais pas apporté de gâteau. On aurait dit qu'ils crevaient la dalle, tous. Et attention, on voulait du « fait maison ». On vous demandait la recette. On prenait des notes :

« En neige, les blancs d'œufs ? » Je n'avais que ça à faire, un gâteau marbré ! Et puis, qu'avais-je vraiment à fêter ? Ce soir-là, seule dans mon studio du boulevard de l'Hôpital, je complétai mes repères sur ma carte de la Pitié et j'appris par cœur l'organigramme des médecins titulaires du service.

SERVICE DE CHIRURGIE VISCÉRALE – LA PITIÉ SALPÊTRIÈRE

Pr Renavand
Chef de service PU-PH

Pr Hubert
Valentin PU-PH

Dr Paul Barret
MCU-PH

Dr Vincent Mézec
CCA

Dr Émile Courtois
PH

Dr Emilio Cortez
PH

HÔPITAUX UNIVERSITAIRES PITIÉ SALPÊTRIÈRE

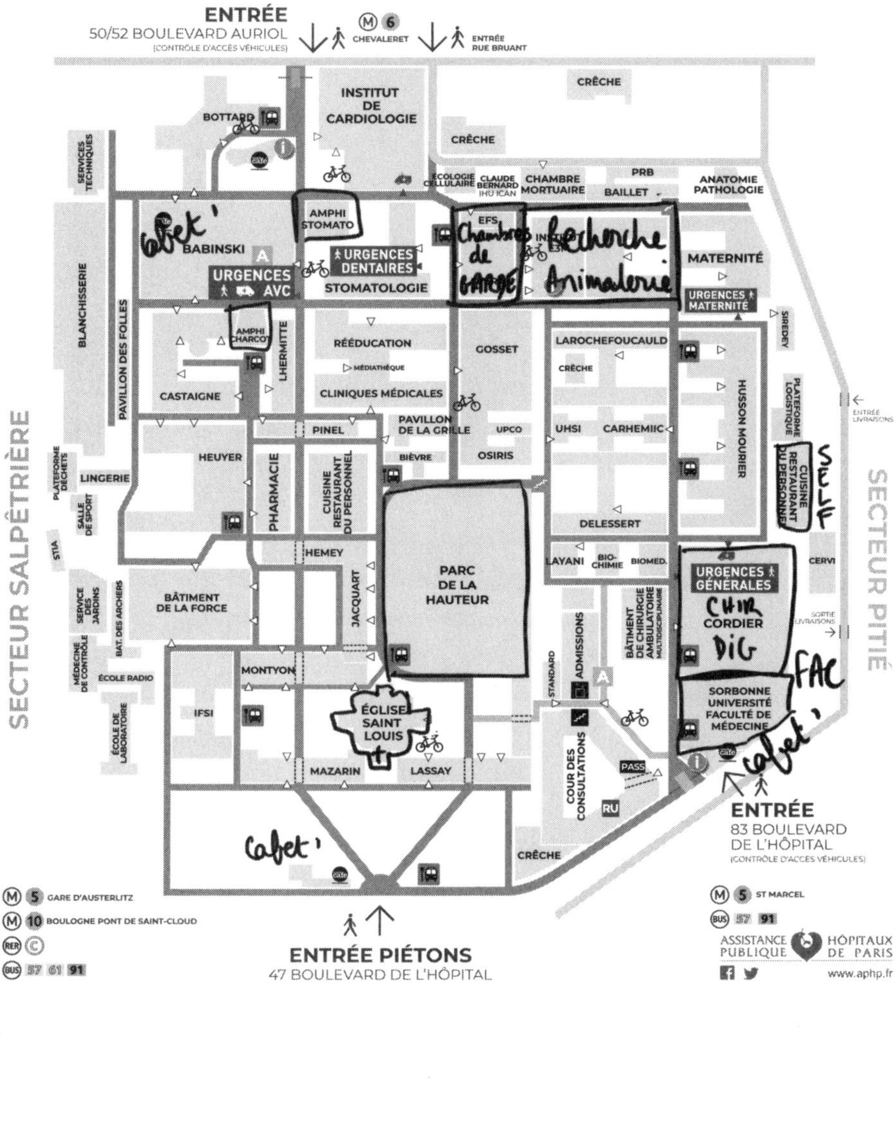

Parmi les universitaires, il y avait d'abord le chef de service adjoint, le professeur Hubert Valentin (professeur universitaire – praticien hospitalier, salaire brut mensuel 5825,57 euros), trente-neuf ans, pur-sang anglais, de grande taille, cheveux bruns, brillants, gominés et crantés. C'était un homme délicat, introverti, un peu sec, un chirurgien précis et méticuleux. Le patient ne l'intéressait qu'une fois endormi. Chaque semestre, il s'appropriait un interne, qui servait d'interface entre lui et le patient, qui informait les familles, s'occupait des suites opératoires et gérait son intendance personnelle. Ce semestre, c'était Mathieu qui lui apportait les cafés. Un sucre, Mathieu, un sucre ! Quelques mois plus tard, le professeur Valentin, qui avait épousé une Monégasque, partirait sur le Rocher prendre la chefferie du service de chirurgie viscérale de l'hôpital Grace. Opérer, oui, mais avec un meilleur salaire et avec vue sur mer, c'est tellement mieux !

Quand il s'en irait, le favori pour lui succéder au poste de professeur serait le docteur Paul Barret, MCU-PH (maître de conférences des universités – praticien hospitalier, salaire brut mensuel 4305,32 euros), trente-cinq ans, un cheval de Camargue. Sa silhouette était élancée, sa peau très blanche, légèrement marbrée de petites veinules bleutées. Sous la lumière du bloc, elles se révélaient par transparence et formaient au-dessus de son masque chirurgical de fines coulées sinueuses qui cernaient un regard de feu. Barret était un homme affable et souriant. Il se voulait littéraire et citait des auteurs japonais que personne ne connaissait. Il aimait les métaphores. Il aimait les femmes. Il aimait les métaphores sur les femmes.

Le docteur Vincent Mézec, un cheval breton, vingt-neuf ans, ancien interne du service, occupait depuis deux ans le poste de CCA (chef de clinique assistant, salaire brut mensuel 3281,34 euros). Il était chargé de TD à la faculté Paris-VI, où il enseignait l'anatomie aux étudiants en première année de médecine. Et il ne comptait pas ses heures, puisque le soir il les accompagnait aux soirées étudiantes. C'était un carabin, un brin alcoolique, un répertoire vivant de chansons paillardes. Son corps était trapu, musclé, il avait des mains de boucher. Une épaisse mèche blonde en forme de virgule s'échappait parfois de son calot et lui tombait sur le visage. Il la replaçait alors sur le côté d'un mouvement brusque de la nuque, qu'il accompagnait d'un hennissement rauque. Le docteur Vincent Mézec terminerait son clinicat dans moins d'un an, il libérerait son poste de CCA, que tous les internes (et moi la première) rêvaient de récupérer.

Enfin, il y avait les deux praticiens hospitaliers du service – sans fonction universitaire rétribuée – que l'on surnommait « les jumeaux » : le docteur Émile Courtois, un percheron de cinquante-six ans au corps puissant et aux mains velues (salaire brut mensuel 5280,46 euros) et son presque frère, le docteur Emilio Cortez, un criollo argentin de quarante-cinq ans, nerveux et vif (salaire brut mensuel 4298,95 euros). On racontait qu'en 2001, le docteur Émile Courtois avait reçu un coup de téléphone du docteur Emilio Cortez, interne en chirurgie viscérale à Buenos Aires, que la crise financière en Argentine avait laissé sans le sou. Dans sa détresse, cherchant un sauveur, Emilio avait trouvé dans l'annuaire un homonyme français exerçant à Paris, chirurgien viscéral comme lui. Dans sa folie, il l'avait appelé et lui avait raconté dans son plus beau français la récession qui faisait sombrer son pays, les émeutes, ses difficultés financières, son désarroi. Deux semaines plus tard, l'Argentin désargenté dormait à Paris sur le canapé d'Émile, le mois suivant il rencontrait R et obtenait un contrat de médecin étranger dans le service. Ses équivalences passées en quelques mois, R lui dégota un poste de titulaire en un claquement de doigts.

Parfois, quand on les voyait discuter ensemble, le percheron et le criollo, on pouvait se demander lequel des deux avait une dette envers l'autre, tant le premier se pâmait devant le second. Il est vrai que le docteur Emilio Cortez suscitait chez la plupart d'entre nous une certaine fascination. Il était certes un excellent chirurgien – dans ce service, ils l'étaient tous – mais je me rendis compte assez rapidement que c'était un cheval à part. Qu'il était différent. J'avais l'impression, enfin, c'était assez subtil, mais sous certains angles, et à la lumière du jour, c'était comme si… C'était comme si son visage présentait quelques traits humains.

Je me réveillai en sursaut, juste à temps. Encore un peu, et je me retrouvais à Amiens. Les arbres ralentirent leur course, puis se figèrent : Villers-Cotterêts, j'étais arrivée. J'aperçus au bout du quai la silhouette familière, monumentale, majestueuse qui brassait l'air à grands gestes dans ma direction, comme si je pouvais le rater, le Padre ! Je fis semblant d'être étonnée de le voir là, à la gare, à m'attendre, avec son pardessus beige d'un autre temps, sa chemise à carreaux, et ses bottines crasseuses.

Il cachait bien son jeu, je n'ai rien vu de ce qui le préoccupait. Il fit comme d'habitude. Il me sourit, d'un sourire pudique, à peine ébauché, puis comme à chaque fois il ouvrit grand sa main, et je vins y frotter mon visage, sentir le cuir de sa paume et respirer l'odeur terreuse dont sa peau était imprégnée. Je restai longtemps la tête enfouie dans sa main, à respirer sa paume, à respirer la terre. Puis il me tapota le front, remontant jusqu'à la racine de mes cheveux, qu'il empoigna fermement avant de me ramener contre lui et de refermer ses bras sur moi.

— Fallait pas te déranger... j'aurais pris le bus, murmurai-je comme à chaque fois, d'une voix légèrement étouffée.

Il répondit quelque chose du genre :

— Ne dis pas n'importe quoi. Moi vivant, tu ne prendras pas le bus.

C'est comme ça qu'il me saluait, le Padre, une main sur le front, comme il saluait ses chevaux. Sur le point de suffoquer, j'essayai de me libérer de son étreinte, et alors il exerça de son avant-bras une contrainte plus appuyée sur ma nuque.

— Eh bien, qu'attends-tu, ma fille ? Tu es libre.

Paralysée, impuissante, je ris comme une enfant, sans pouvoir m'arrêter.

— Mais papa !

— Je croyais que tu étais une femme forte, madame la chirurgienne. Eh bien, montre-moi comme tu es forte !

— Ne te moque pas, un jour tu seras vieux et vulnérable. Et alors...

— Et alors quoi ? Tu te vengeras ?

— Oui !

Je tentai de me dégager encore une fois, mais il me retint auprès de lui, son avant-bras contracté, sans le moindre effort apparent, sans la moindre peine, sa respiration toujours régulière et lente. Alors j'arrêtai de lutter, j'arrêtai de rire, je m'abandonnai, la tension s'évanouit, et c'était si bon. Quand il le décida, nous nous déliâmes enfin.

Dans la voiture, je mis un CD. Mon père eut l'air surpris.

— T'écoutes Bach, toi ?

— Évidemment. C'est le plus grand.

— « Le plus grand », ça n'existe pas, Emmanuelle. C'est un grand.

— C'est le plus grand, je te dis.

C'est sur la route que son expression se transforma. Progressivement, sur les *Variations Goldberg*. À la première variation, son sourire s'effaça. À la deuxième, son front se creusa de deux sillons symétriques, arqués, à la naissance des sourcils. À la troisième, il se chargea de plusieurs ridules qui pesèrent sur son regard jusqu'à l'écraser. À la cinquième, il n'était plus le même homme, avec son air sérieux, ses mains fermement agrippées au volant, le front sévère, comme rattrapé par quelque chose de plus fort que lui - et il n'y en avait pas beaucoup, des choses plus fortes que lui. J'attendis qu'il parle, je ne lui posai aucune question. Il gara la voiture devant le centre équestre, éteignit le moteur, et c'est là, tranchant le silence, qu'il me l'apprit.

— La nuit a été difficile.

— Elle a mis bas ?

— Oui.

— Cette nuit ?

— Oui.

Il ne souriait pas.

— On l'a appelée Électre. Ça tombe bien, c'est l'année du E. Elle est magnifique, soixante-neuf kilos, rousse comme toi.

Électre. Alors je compris. Je compris que ma jument était morte en couches. Nous restâmes quelque temps dans la voiture, tous les deux, sans prononcer un mot. J'attendais les larmes, je voulus les faire venir, c'était le moment de pleurer, le moment d'être en colère, de s'en prendre au ciel, mais rien ne vint. Il sortit de la voiture, je le suivis. Le soleil de mai projetait quelques rayons timides, et dehors il faisait déjà doux. Le hangar était ombragé, glacé, presque vide hormis une bâche bleue en forme de cheval. Un cheval bleu couché, géant et difforme. Je soulevai la toile, éloignai quelques mouches et posai ma main, puis mon torse, puis mon visage sur son flanc froid et durci.

— Ne reste pas trop longtemps. La mort, tu sais, ça ne se regarde pas en face, sinon on se brûle les yeux.

— Laisse-moi encore un peu.

Plus tard dans la journée, on vint la chercher et on l'emmena dans un camion. Maman était restée près de la pouliche, dans un box. Elle ne l'avait pas quittée depuis la nuit, lui donnait le biberon, lui parlait, la caressait. Je voyais bien qu'elle essayait de toutes ses forces de compenser, de réparer l'irréparable, et qu'elle était épuisée. Dans ses bras, Électre tétait timidement, s'arrêtait, reprenait, puis se dégageait à nouveau. De temps en temps, rassasiée, elle traversait le box, ébrieuse, et ses pattes filiformes pliaient sous son poids. Alors elle tombait en gémissant, et maman la reprenait à nouveau, la rassurait.

Maman me salua d'un hochement de tête puis haussa les épaules pour partager son impuissance. À cet instant, ses yeux malheureux, rougis et cernés, se mirent à briller. Elle renifla bruyamment et ravala ses larmes, mais pour moi, c'était déjà trop tard, je n'ai jamais pu voir ma mère pleurer sans pleurer avec elle et, bien que ç'aient été des larmes ravalées, j'éclatai en sanglots. C'étaient les grandes eaux, les spasmes, je hoquetais comme une enfant.

— Oh, ça va, Emmanuelle. Tu n'aides pas, reprends-toi !

— Mais maman...

— Va nourrir les chevaux, si tu veux te rendre utile. Je n'ai pas eu le temps ce matin.

Et comme je ne bougeais pas, elle rajouta :

— Mais va, je te dis ! Ils ont faim.

Je m'éloignai en tremblotant pour saluer tous les autres. Il est vrai qu'ils paraissaient nerveux, surtout Achille, Oreste et Pénélope. Ils piétinaient dans leur box, grattaient le sol d'un sabot puis de l'autre, respiraient fort. Hélène et Patrocle manquaient : ils étaient dans le manège avec Rachid, qui donnait un cours à deux adolescents de la région. J'entendais au loin ses directives, ses encouragements. Munie d'une fourche, je distribuai le fourrage, versai les grains puis remplis les abreuvoirs. Les chevaux se jetèrent sur le foin, et il me sembla qu'ils étaient reconnaissants.

Depuis le manège me parvenaient les commentaires de Rachid : « Voilà, comme ça, c'est bien ! », « Allez, on y va ! On saute l'obstacle, vas-y ! », « Félicite ton cheval, encourage-le, oui, c'est bien ! », et en arrière-fond, comme une rengaine familière, comme la bande-son de ma vie, le martèlement des sabots.

Cataclop, cataclop.

Cataclop. Je n'avais jamais su résister à cet appel.

Cataclop. Torture.

Cataclop. J'étais piquée.

Encore un cataclop, et je kidnappais un cheval pour l'emmener dans la forêt.

Cataclop.

Télémaque avait fini de manger parmi les premiers. Je le fixai. Une certaine folie devait se lire dans mes yeux, car il recula à mon approche, hennit même, mais je lui parlai doucement, je le séduisis de ma voix désespérée, faussement douce, une folle je vous dis, sortie d'asile. Je le rendis nerveux, le pauvre, mais je ne lui laissai pas le choix : je le sellai, le bridai, et on partit, au galop, vers la forêt de Retz.

Allez, mon Télé, doucement, au pas. Mais ne te braque pas comme ça, cette forêt, tu la connais mieux que moi. Je pourrais presque fermer les yeux et tu me conduirais. Non ? D'accord, ne t'énerve pas, je les garde bien ouverts. Oh là là, mon Télémaque, tu n'as donc plus d'humour ? Je t'ai connu plus joueur. Ou alors tu n'as pas fini de digérer, je ne t'ai pas laissé le temps. Méchante je suis ! Ou bien tu es triste, toi aussi ? Tu l'as entendue mourir, la belle Calypso, c'est ça ? Elle a saigné ? Elle a gémi ? Et moi qui arrive après la bataille...

Bon, assez de tristesse, Télémaque, parlons de toi. Tu deviens quoi ? Tu fais quoi quand je ne suis pas là ? Moi, à Paris, je suis malheureuse. Pardon, je te laisserai parler plus tard, mais tu comprends, Télémaque, j'ai tant de choses à te raconter. J'en ai gros sur le cœur. Au travail, il y a un homme que j'admire, que j'aime, et qui ne me voit pas. Son regard glisse sur moi, il ne s'accroche pas. Comme si j'étais lisse et huileuse, dépourvue d'aspérité. Je suis une savonnette, Télémaque. Tu le savais, ça, que j'étais une savonnette ? Une savonnette dans un monde de gel hydroalcoolique. Une moins-que-rien, t'entends ! Pardon de pleurer comme ça. Je ne suis pas de bonne compagnie. Mais je n'y peux rien !

Ce n'est pas un homme de mon espèce, c'est un génie, un magicien, c'est un roi, tu comprends, un homme qui descend droit de l'Olympe, qui sait tout et qui sait tout faire. On dit qu'il peut tout opérer, les yeux, le cerveau, tout. Mais non, je n'exagère pas. Tu ne me crois pas ? Tant pis pour toi.

À quoi il ressemble ? Si je te le décris, tu vas rire, tu vas te moquer. Il est moche mais beau. Dit comme ça, tu n'y comprends rien, mais attends que je t'explique! Quand tu l'aperçois dans les couloirs, c'est une ombre, il n'a pas de corps, il est sec, maigre, comme s'il ne mangeait jamais. Mais parfois on le voit sortir de sa poche quelques amandes et figues sèches qu'il grignote à la va-vite, comme un rongeur affamé. Il est mat de peau, une barbe négligée, chauve, mais vraiment chauve, pas un cheveu, de grands yeux noirs cernés de fatigue, et une faille immense qu'on voudrait combler. Non, Télémaque, tu ne comprends rien, je ne parle pas d'une cicatrice apparente, mais d'une blessure profonde, à la fois intérieure et ouverte, à vif, une qui saigne encore et qui laisse des traces, qui laisse son empreinte partout où il passe. Pour la dissimuler, il porte des vêtements larges, une chemise trop grande qu'il retrousse aux avant-bras, et un vieux pantalon noir qui traîne tellement que ses ourlets sont déchiquetés. Des chaussures en daim sales qui doivent avoir cent ans! Mais il ne s'en sert pas vraiment, car, tu comprends, il ne touche pas terre, il ne marche pas, il flotte. Il vole.

Quel âge a-t-il? On ne sait pas, cinquante, soixante. Cent ans. Mille ans. Il a cinq mille ans et il porte en lui toute l'histoire des hommes.

Il parle peu, un vrai taiseux, mais une fois, il s'est adressé à moi. Enfin, Télémaque, tu peux me croire, quel intérêt aurais-je à te mentir? Si, si, je t'assure, une fois, il m'a parlé, c'était il y a un mois, il m'a demandé comment je m'appelais, et j'ai failli perdre pied. Cette voix! Une voix grave et chaude, une voix mélasse, qui t'entoure et qui t'étreint et qui te serre la gorge, qui t'enrobe le cerveau et qui t'ensevelit, toi et tes souvenirs. Une voix qui t'empêche de réfléchir. Et alors, dis donc, pour lui répondre, c'était quelque chose! C'est que, tu comprends, je ne me rappelais plus mon prénom, j'avais oublié qui j'étais, j'ai dû gratter, j'ai dû creuser, j'ai dû chercher dans ma mémoire, dans mon passé, au loin, j'ai dû faire l'effort de ma vie, revenir au jour de ma naissance, convoquer la voix de mon père, celle de ma mère, celles qui m'ont nommée, m'ont appelée pour la première fois. J'ai dû retourner au temps primitif, où gravitaient dans la musique de ces voix des visages grands comme des astres, pour me guider, pour m'encourager, pour me maintenir en vie. Et puis il a fallu réapprendre à parler.

— Emmanuelle.

— Hein ? Parlez plus fort, jeune fille, je n'ai pas compris.

— Emmanuelle.

— Alors Dieu est parmi nous.

Et là, vois-tu, il m'a souri, mais un sourire, je te dis ! Tu m'écoutes, Télémaque ? On dirait que tu t'en fous, que ce n'est pas ton problème. Un vrai sourire. Un sourire qui t'élève sur ses ailes, qui t'emmène vers le haut, on ne sait où. Et comment vivre, maintenant, après avoir vu ce sourire ?

— Oui, jeune fille ?

— Est-ce que je pourrais opérer avec vous ? Enfin, un jour ? Enfin, si vous êtes d'accord, bientôt, la semaine prochaine ?

— Vous êtes pressée d'opérer avec moi ? Pourquoi cette urgence ?

— C'est que... Mon stage se termine fin avril.

— Eh bien, reprenez six mois ici, on verra comment les choses se passent. J'ai entendu du bien de vous, par Cortez, c'est avec lui que vous opérez, je crois.

Cortez avait dit du bien de moi, moi la moins-que-rien. Alors tu penses, Télémaque, je l'ai cherché partout, Emilio le criollo, pour lui parler, pour lui raconter, pour en savoir plus, mais il était au bloc, il est toujours au bloc. Tu sais, le bloc, c'est une enceinte fermée, un bastion, un sanctuaire. On n'y entre pas comme ça : soit on y est depuis le début, soit on est enfermé dehors, et on ne sait pas quand les autres vont en sortir, ni avec quels visages, victorieux ou défaits, on n'est pas là pour se battre avec eux et tant pis pour nous. J'ai attendu, comme un soldat resté en Grèce après avoir raté le bateau pour Troie. J'ai patienté comme toi, Télémaque, comme Pénélope le temps de l'*Iliade* et de l'*Odyssée*. Oui, aussi longtemps que ça. C'était un bloc de plusieurs heures, une chirurgie compliquée. J'observais dans la salle à côté la famille du patient, qui attendait, elle aussi, avec la même fébrilité.

Quand il est sorti, je lui ai sauté dans les bras. Merci, Emilio, je te bénis. Mais qu'est-ce que tu lui as dit ? Qu'est-ce que tu as dit à R, pour qu'il me regarde enfin, pour qu'il me parle ? Raconte-moi ! Non, je ne suis pas folle ! Je l'aime, c'est tout, je suis une moins-que-rien et lui un roi, je veux qu'il me donne un peu de lui, pour que je sois meilleure, que je sois quelqu'un, tu comprends Emilio, je sais qu'*il y a de moi en lui.*

Tu lui as dit que j'étais douée, quoi d'autre, travailleuse, quoi encore, que j'avais du potentiel ? Mais qu'on devait parfois me recadrer ? Pourquoi t'as dit ça ? Je te maudis, Emilio. Je suis cadrée, moi, regarde, je suis un cadre. T'as dit que j'étais un peu folle ? Mais pourquoi, tu le penses vraiment, que je suis folle ? Mais ça ne veut rien dire, folle, tu es médecin ou non ? Folle, ça peut vouloir dire psychotique, délirante, dépressive, maniaque, narcissique, perverse... Tu as précisé que j'étais une névrotique légère, comme tout le monde ?

Et alors, il t'a répondu quoi ? Comment ça, rien ? Il n'a rien dit ? Il a « hoché la tête » ? Mais comment, montre-moi comment il a hoché la tête ? Eh bien, mime-moi R qui hoche la tête. Comme ça ? Ce hochement de tête, celui-là, cet angle-là ? Tu es sûr, un hochement un peu latéral, de biais ? Emilio, arrête de rire, je souffre. Je me consume. Mais non, pas folle, désespérée. Et ensuite ? Emilio, raconte !

— Et ensuite on a reparlé d'un patient, la transplantation qui s'est compliquée de sepsis. Tu te souviens, la cholangite sclérosante ? On a discuté des différentes possibilités pour...

— Et moi ? Vous avez changé de sujet, comme ça ? Vous m'avez laissée de côté, sur le bord de la route, comme une chienne qu'on abandonne avant de partir en vacances ? Comment t'as pu me faire ça, Emilio ?

— On n'allait pas parler de toi toute la journée...

— Et pourquoi pas ?

Tu t'inquiètes, mon Télémaque, mais non, on n'est pas perdus, regarde là, en face, c'est la tour du général Mangin. Tu ne me fais plus confiance, tu me crois désorientée ? Tu n'as pas complètement tort, je te l'avoue. Ma boussole voit le nord partout. Et c'est qui mon nord, je te laisse deviner ? Je le vois dans chaque espace, dans chaque interstice, dans chaque fissure. Un mirage, tu dis ? Possible, mais imagine qu'il parte en vacances en Picardie, parce qu'il en a envie, et qu'il décide de se promener en forêt de Retz, justement aujourd'hui. Par exemple, pour marcher sur les terres du grand Alexandre Dumas, ou sur le terrain de chasse de François Ier ! Oui, et alors, d'autres le font. Tu n'y crois pas ? Mais quel rabat-joie tu fais ! Ah ben voilà, à force, avec ta mauvaise humeur, tu fais venir la pluie. Toi aussi tu as reçu une goutte ?

Oui, je sais, il faut que j'appelle Cédric, pour qu'on se voie. Il va encore se fâcher, prétendre que je travaille trop, que je ne pense pas assez à lui, que je suis ailleurs. Et peut-être qu'il a raison. D'accord, Télémaque, je le fais en rentrant.

Tu le sens, toi, que l'orage va éclater ? Le ciel est encore inhibé, mais il se prépare, il va tout donner, il va nous tomber sur la tête. Oui, c'est pour bientôt, les gouttes se font plus nombreuses, plus denses, mais ne sois pas inquiet, ce n'est que de l'eau ! À moins que tu n'aies peur des éclairs ? Tu as raison, rentrons, heureusement que tu es là, que tu m'accompagnes, si avisé et clairvoyant, prudent, tu es la sagesse même, mon Télémaque. Alors que moi, pauvre de moi, j'ai été frappée par la foudre et j'ai perdu la raison.

La rupture avec Cédric fut brève. Un pansement qu'on arrache. Un quart d'heure durant lequel, les yeux rivés au sol, scrutant le gravier, faisant rouler les cailloux sous une basket puis sous l'autre, j'attendis qu'il achève son réquisitoire. Il déposa à mes pieds tout un tas de reproches, d'espérances déçues, d'images de notre avenir avorté aussi, nos cinq enfants et nos deux chiens, la clinique dans laquelle on aurait investi et exercé, notre maison avec jardin à Amiens, nos week-ends en baie de Somme, nos vacances en Toscane. Notre vie au conditionnel passé, étalée au sol, et moi qui faisais rouler les gravillons sous mes pieds, qui les faisais crisser, qui les écrasais. Un grand gâchis, disait-il. Non, non, un immense gâchis, répétait-il. Parfois je relevais les yeux, j'observais sa bouche se mouvoir, se tordre, et il m'arrivait, pendant un court instant, un instant suspendu, de ne plus l'entendre, de le voir flou, comme dilué dans l'eau. Il fallait que ça s'arrête, oui, ça allait bien s'arrêter, à un moment, il allait bien se taire, non, à un moment ?

Il avait terminé, et je restai silencieuse. Son image se précisa. Sous ses boucles blondes, qui poussaient vers le haut et sur les côtés sans jamais retomber, défiant la gravité, son visage était renfrogné, ses lèvres pincées, son regard agressif de petit garçon, yeux plissés, voulait pénétrer le mien, le faire céder. Mais il pouvait bien la prendre d'assaut, la forteresse, il pouvait bien se battre, je n'étais plus là, mon regard avait déserté.

— Tu ne dis rien ?

— Non, je... Je crois que tu as raison.

— Mais regarde-moi au moins, quand tu me parles ! C'est fini, donc, tu ne me retiens pas ?

Je me tus à nouveau.

— On va devenir deux étrangers, c'est ça ? poursuivit-il.

— Mais non, Cédric, pas deux étrangers, deux amis, peut-être, quand tu le voudras, quand tu seras prêt.

— Non. C'est ensemble ou rien.

Cette radicalité ne lui ressemblait pas du tout. Elle me paraissait puérile, un peu ridicule même. Pourtant, sans aucun doute, c'était la mienne. C'était ce qu'il garderait de moi, peut-être pour un temps seulement, le temps de se rétablir, de se remettre, avec les semaines, ou bien avec une autre. Alors elle s'effacerait, et il redeviendrait, sans le vouloir, sans même y penser, le garçon doux et modéré qu'il avait toujours été.

Durant le trajet vers la gare, mon père lâcha un « Dommage, on l'aimait bien, Cédric, c'était un garçon gentil », au passé, comme s'il était mort. Ma mère me rappela qu'on ne quitte pas un garçon sérieux qui vous aime, et que malgré mes longues études le temps passait quand même, que j'approchais de la trentaine (attention danger !), et qu'il allait bien falloir penser à acheter une résidence principale, à fonder un foyer et à faire des enfants.

— Eh bien, ma chère maman, si tu aimes tant que ça les enfants, pourquoi tu ne me fais pas un petit frère ?

Alors là, elle ne dit plus rien, elle fronça les sourcils et resta dans la voiture quand mon père m'accompagna à pied jusqu'au quai. On se quittait souvent fâchées, toutes les deux, je crois qu'on ne savait pas faire autrement.

J'étais de retour à Paris depuis quelques semaines déjà. La saison chaude avait ramolli le bitume et chassé l'air de la ville. Les citadins en bonne santé ainsi qu'une bonne moitié des collègues étaient partis ; il ne restait, comme chaque été, que les vrais malades et les soldats les plus vaillants. Mes trajets se limitaient aux allers-retours entre le boulevard de l'Hôpital côté pair (chez moi) et le boulevard de l'Hôpital côté impair (hôpital). J'étais de garde un jour sur trois, je ne faisais plus vraiment la différence entre le jour et la nuit, je mangeais n'importe quoi pourvu que ça tienne dans un sandwich, je ne voyais plus grand monde. Mes co-internes ne m'invitaient plus à leurs soirées, j'avais refusé trop de propositions, je n'arrivais plus à me forcer, j'avais l'impression de perdre mon temps avec leurs discussions médiocres et leurs jeux débiles d'internes en médecine : « Si tu devais avoir un cancer, ce serait lequel ? », « Parmi les maladies chroniques, entre une sclérose en plaques, une maladie de Crohn ou une spondylarthrite, tu choisirais quoi ? », « Si tu devais vivre sans l'un des dix nerfs crâniens, tu te passerais duquel ? » Ces jeux finissaient invariablement par des gages d'alcooliques et de sexopathes, et du vomi dans les toilettes.

Non, j'avais autre chose en tête. Devenir l'élève de R coûte que coûte. D'autant que j'avais eu la preuve de son génie. Un matin, alors qu'on opérait avec Emilio depuis une bonne heure déjà, R nous avait secourus en plein bloc. On ne s'en sortait pas. Un accident de la voie publique avec une fracture de la rate. La patiente était sous anticoagulants, elle saignait très facilement. Chaque incision se recouvrait immédiatement de sang, on n'y voyait rien, on avançait péniblement dans un brouillard rouge coriace, inextricable. Emilio avait retiré la rate, source de l'hémorragie identifiée sur le scanner. J'avais épongé le sang résiduel, la cavité abdominale était enfin propre. Et pourtant la tension ne se stabilisait pas. Elle poursuivait sa chute, inexorable. 100 de systolique. 90. L'infirmier anesthésiste commençait à s'agiter et à nous mettre la pression.

— Tout va bien ? Vous voulez revoir le scanner ?

J'avais failli répondre quelque chose, mais Emilio m'avait devancée.

— Je t'apprends ton métier, connard ?

On reconnaît un chirurgien car il s'énerve sans bouger, le regard concentré, le front impassible. Les lèvres se contractent peut-être, mais quelle importance, sous le masque on ne les voit pas. Les insultes, au bloc, fusent dans le calme et dans tous les sens. Enfin, non, pas dans tous les sens. Du médecin à l'infirmier, c'est OK. Du chef de clinique à l'interne, passe encore. De l'interne à l'externe, ça marche aussi. Si on ne supporte pas, faut pas s'engager. On n'est pas obligé. Il y a d'autres spécialités. Les endocrinologues, par exemple, sont nettement plus distingués. Et puis, si l'on s'en sort, on se serrera la main après la chirurgie, et tout, ou presque, sera oublié. Pour celui qui insulte, évidemment. L'autre s'écrasera et gardera sa rancœur en dedans. Il la rangera soigneusement à côté de toutes les autres.

L'infirmier trépignait.

— J'appelle l'anesthésiste. Il faut transfuser, là, on ne peut plus attendre.

Emilio vérifiait les contours de chaque organe, avec les yeux, avec les mains. Je passais mes doigts sous le foie. Sa capsule était lisse, il ne saignait pas. Les vaisseaux étaient étanches. On avait tout vérifié. Quelque chose nous échappait, mais quoi ?

Je ne sais pas qui avait prévenu R, et sans doute ne le saurai-je jamais. Mais il était apparu au bon moment, habillé, stérile, et on lui avait fait de la place. Il avait exploré d'un œil rapide l'ensemble de la cavité abdominale. Il avait passé sa main autour des organes, comme je l'avais fait plus tôt. Mais il avait remarqué quelque chose.

— Le foie est un peu gros, quand même, non ? Qu'en pensez-vous ? Emmanuelle ? Emilio ? Soit elle est alcoolique, soit...

Il n'avait pas besoin d'en dire plus. On avait compris. Hématome intra-hépatique. Le foie saignait à l'intérieur. J'avais préparé les compresses et on les avait tamponnées ensemble autour du foie, pour comprimer l'organe sur lui-même et écraser les vaisseaux. La tension s'était enfin stabilisée.

— On se prépare pour l'artériographie, Emmanuelle. On trouve l'artère en cause et on embolise.

— Pourtant le foie était indemne au scanner. Je ne comprends pas, je...

— Parce que vous croyez aux images ?

Parfois je me disais que c'était l'expérience. Mais non, il y avait plus que l'expérience. Il y avait cette façon de voir la réalité et de l'interpréter. R était un interprète de génie, voilà ce qu'il était. Sa vision pénétrait au-delà des choses, en transparence. Il analysait si bien le réel, le passait au tamis, l'essorait jusqu'à en extraire l'essence. Il ne ratait rien.

Quant à moi, j'étais déçue, j'avais voulu briller, j'avais échoué. J'allais m'en remettre, il le fallait bien. Dans ce métier, la confiance en soi fluctue en dents de scie. La veille une reine, le lendemain une moins-que-rien.

Les semaines passaient et rien, non, aucun signe de R malgré ma requête, qui commençait à dater, et qu'il avait peut-être tout simplement oubliée. Ce matin-là, je déchirai la page juillet de mon calendrier. Il ne me restait que trois ridicules petits mois avant de finir mon internat. Devant le miroir, je rassemblai mes cheveux dans une queue-de-cheval fière et haute, et je relevai le buste. Eh bien, mon bon R, tu sais quoi ? Aujourd'hui, je vais me rappeler à ton souvenir ! Aujourd'hui, tu me renverras peut-être dans les orties, mais tu entendras ma voix, tu poseras ton regard sur moi, ça, je te le promets, je te le jure ! L'indifférence, c'est fini. Tu entends, R ? Finito. Terminato !

Il était 7h45, le service commençait gentiment à s'agiter. Je bus mon café d'une traite, pour me donner du courage, mais sa chaleur et son amertume me brûlèrent la gorge, argh, pouah, j'en recrachai la moitié par terre (aux pieds de la femme de ménage... « Bonjour, madame, oui, oui, bien sûr que je nettoie »). Simple contretemps, je me dirigeai en trombe, furieuse, possédée, vers le bureau de R et je frappai fort, le poing serré et douloureux, ha ha, la porte tremblait, et R aussi sûrement, il devait avoir la pétoche, de l'autre côté, une fois, deux fois, trois fois.

— Entrez.

La voix de R était plutôt posée, douce (elle ne tremblait pas du tout), et même à travers la porte fermée, elle commençait déjà à faire son travail d'enrobage. Je me sentis faiblir d'un coup, mon corps s'engourdit, mais je résistai, secouai la tête plusieurs fois pour me défaire de la mélasse, il était hors de question de mollir. Je pris une longue inspiration, ample, comme avant une apnée, et j'ouvris grand la porte. La pièce aux murs nus était immense et regorgeait de cartons empilés, certains fermés, la plupart entrouverts et débordants de bibelots, de livres, de liasses de vieux papiers jaunis, d'instruments chirurgicaux d'avant ou d'ailleurs, parfois rouillés, parfois effrayants, dont j'ignorais la fonction, dont j'ignorais jusqu'aux noms. R n'était pas visible immédiatement. Je me frayai un chemin entre les tours de cartons - c'était un bureau sans bureau, ou bien était-il enseveli ? - jusqu'à apercevoir R allongé par terre, sur l'une des rares parcelles de sol dégagées, enveloppé dans sa blouse blanche à la manière d'un linceul, les yeux clos, serein comme un macchabée.

— Oui, jeune fille ?

Le mort avait deviné, à travers ses paupières fermées, qu'il s'agissait de moi.

— Professeur Renavand, je veux travailler avec vous.

— J'en prends bonne note. Vous refermerez la porte en sortant.

Bon, bon, d'accord. Je revins sur mes pas, un peu sonnée, légèrement ébrieuse, j'avais peur de me cogner, de faire tomber un carton, je me dirigeai lentement vers la porte et la refermai derrière moi, en abaissant la poignée au maximum pour ne pas faire de bruit. Je marchai au pas, honteuse, la tête pendante, jusque devant l'immeuble des chambres de garde, et à quelques mètres du sac de couchage mauve pâle, à quelques mètres de mon compagnon de malheur dont je n'avais jamais vu le visage, toujours endormi, toujours alcoolisé, toujours silencieux, je m'effondrai, je me détestai, je me maudis. Je me repassai le film une bonne dizaine de fois : R était à terre, les yeux fermés, catégorie poids plume, j'aurais pu lui souffler dessus, il se serait envolé, j'aurais pu lui écraser le thorax d'un pied, des deux, l'écrabouiller, lui montrer qui était le maître, ou bien, sans aller aussi loin – car, je l'admets volontiers, rien ne le justifiait – j'aurais pu simplement lui dire quelque chose !

Le lendemain, en sortant de garde, j'ai frappé à sa porte, il n'a même pas répondu.

Le surlendemain, on était samedi, dommage, le week-end arrive si vite.

Et chaque matin, à 8 heures, après une nuit de sommeil ou exsangue en sortie de garde, je frappais à sa porte, j'attendais, j'étais déçue. Le mois d'août fila au rythme des trois coups quotidiens sur cette porte, comme l'annonce d'une pièce de théâtre dont on sait qu'elle ne se donnera jamais. Trois coups de tête contre un mur, allez, encore une fois, on sait qu'on va se faire mal, mais on y retourne, on recommence, certain de trouver à défaut d'une réponse la même déception, la même douleur, et finissant par s'y habituer, par la reconnaître, par l'aimer, cette douleur, car elle est là, la douleur, elle vient à l'heure, elle ne déçoit jamais.

— Pourquoi tu frappes au bureau de R ?

— Parce que.

— Il est en vacances, il rentre le 24 août.

— Ah bon ?

Mais quelle idiote !

Le 24 au matin, j'étais de retour. Et le matin suivant. Et encore celui d'après.

Et chaque matin, je respirais moins bien que la veille. Mon asthme s'aggravait, progressivement, par paliers, mon souffle était saccadé, haché, mes bronches étaient en feu, et c'était un dragon tuberculeux que j'abritais là-dedans ? Un jour, Emilio finit même par me renvoyer du bloc. Une quinte incoercible en pleine colostomie, ça n'allait pas du tout. Quelques heures plus tard, il plaça dans ma paume une plaquette de corticoïdes et des antibiotiques, passa un coup de fil à son collègue radiologue, qui m'attendit longtemps pour un scanner, mais non, Emilio, je n'allais pas prendre tes comprimés, non, je n'allais pas m'allonger dans un tube, non, non et non, il faudrait compter sans moi, je faisais la grève de la santé. Une main sur l'épaule, il me demanda pourquoi je me mettais dans cet état, mon grand frère argentin, avec ses yeux compatissants et ses promesses de jours meilleurs. Il me dit que pour apprendre son métier il suffisait de pratiquer, et que si l'on s'intéressait au patient, tout venait à point, le poste, les titres et la renommée. Il me reprochait mon impatience, mon orgueil, mon désir d'aller plus vite que la musique et il me répétait que je n'avais pas besoin d'R, que je pouvais m'en sortir sans R, et tout ça en roulant les R bien sûr, évidemment, en les amplifiant, en les glorifiant, et comme c'est ironique, n'est-ce pas ?

— Pourquoi tu t'intéresses à moi, Emilio ? Laisse-moi tranquille, tu perds ton temps.

— Je m'intéresse à tous les malades.

Lorsque je m'éveillai dans la chambre de garde ce vendredi 2 septembre, il faisait déjà sombre. Le dragon se réveilla en même temps que moi, je fus prise d'une affreuse quinte et j'étendis un bras hors du lit à la recherche de mon flacon de Ventoline, ma main balayant le lino jusqu'à ce qu'elle identifie l'objet et se referme sur lui. Ma montre affichait 21 heures. J'avais dormi toute la journée après ma garde, mon réveil n'avait pas sonné et j'avais raté, pour la première fois depuis le retour de R, mon tête-à-tête matinal, mon rendez-vous amoureux, mon dialogue de sourds avec la porte fermée du bureau de R. Tête de bois contre tête de bois. Et puis tant pis, à quoi bon y retourner, à quoi bon attendre une réponse qui ne venait pas, à quoi bon m'humilier, encore une fois ?

J'inhalai la Ventoline, une bouffée après l'autre, sans grand effet, et à force d'appuyer comme une forcenée, le flacon se vida complètement. Une asthmatique sans Ventoline. À sec. En panne. Kaput. Mon stéthoscope, mais où diable était mon stéthoscope ? Allongée sur le ventre, je posai la membrane sous mes omoplates et j'écoutai siffler mes bronchioles. Le concert était dissonant, terrifiant, la bande-son d'un film d'horreur, et j'aurais pu jurer qu'il était en *ré* mineur. Je rampai jusqu'à mon sac à dos, en sortis la plaquette de corticoïdes que m'avait donnée Emilio, avalai un comprimé blanc, puis me relevai doucement.

Dehors, il faisait nuit, et en bas du bâtiment, c'était inédit, le sans-abri avait disparu ! Son sac de couchage était aplati en deux dimensions, comme la peau d'un serpent qui aurait mué et se serait enfui, mais où t'es-tu enfui, mon petit ?

— M'dame, vous auriez du feu ? M'dame ?! M'dame !

Une ombre gigantesque s'approcha de la mienne et se confondit avec elle, la recouvrit, l'effaça. Je me retournai. Devant moi se tenait un colosse en haillons, pieds nus, à la barbe grise si sale et si fournie qu'on pouvait se demander quel genre d'écosystème elle abritait, édenté, les yeux exorbités, et au bout de l'épaule un bras, au bout du bras une main, au bout de la main une fourchette, et au bout de la fourchette, comme un trophée de chasse, comme la torche olympique, comme un étendard, une souris.

Une souris ballante.

Une souris sanguinolente.

Une souris de laboratoire, sans poil, l'air malade (mais de quoi ?), échappée de l'animalerie, embrochée à la fourchette, assassinée.

Et au bout de la souris la fourchette, au bout de la fourchette la main, au bout de la main le bras, au bout du bras un géant édenté, les yeux exorbités, et à ses pieds un réchaud à gaz, car la souris, c'est tellement meilleur quand c'est grillé.

Aargh ! Pitié pour moi, Jésus. Pitié pour une pauvre athée. Vite, au galop, je courus de toutes mes forces à travers la Pitié endormie, la Pitié désertée, la Pitié ramollie par la chaleur de l'été, et à travers la ville dans la ville, imbibée d'anthracite, défilèrent les espaces vert-de-gris, les chaussées et les trottoirs, les lampadaires, les gargotes et les terrasses, le restaurant avec plat du jour, les amphithéâtres. Enfin, au loin, je la vis, la majestueuse, la souveraine, la chapelle Saint-Louis, grande comme une cathédrale, qui m'ouvrait sa porte et m'offrait un asile.

À peine entrée, je m'effondrai dans la pénombre, m'accroupis dos contre la porte, jambes nues contre la fraîcheur des dalles, et pour la première fois depuis bien longtemps, peut-être était-ce Jésus ou peut-être les corticoïdes, l'air frais et humide tapissa mes poumons d'un enduit divin. Je respirai enfin !

À mesure que mon souffle se calmait et s'amplifiait, à mesure que le concert intérieur se dissipait, je perçus la musique. Le son était fluet, à peine audible, et je me demandai si je ne la rêvais pas, si je ne l'inventais pas, cette mélodie, tant je la distinguais mal. Je me demandais d'où elle jaillissait, elle se confondait avec son propre écho et il me semblait qu'elle émanait des murs mêmes, que j'étais cernée de toutes parts. Je me redressai doucement et j'avançai jusque sous le dôme, qui projetait sur le sol un halo triangulaire aux bords émoussés. L'église dessinait une croix grecque de ses quatre nefs, et chacune d'elles abritait une chapelle décorée.

Mais d'où venait la musique ?

Depuis le dôme central, je la discernais mieux à présent, je percevais des gammes, régulières, récursives, une première ligne mélodique surgissait, puis une autre s'élevait, répondait à la première, les fils s'entrelaçaient en points, en contrepoints, mais le tissage se fondait dans le noir, impossible d'en retrouver la source. Je passai d'une chapelle à l'autre, sans succès, jusqu'à ce qu'enfin surgissent devant moi, dressées dans l'obscurité, les orgues géantes, leurs buffets comme enchâssés dans la pierre, et leurs tuyaux incrustés dans le chêne étincelant de reflets nacrés.

La porte à droite de la tribune était entrouverte. Je grimpai l'escalier en colimaçon. R se tenait devant moi, assis, ses mains s'agitant sur les trois claviers, ses mocassins sur le pédalier, et l'araignée tissait sous mes yeux la plus harmonieuse, la plus hypnotique des toiles. Lorsqu'il m'aperçut, il s'arrêta, ancra ses yeux dans les miens, et ce fut le silence qui résonna.

— Vous n'êtes pas venue ce matin ?

— Non.

— Venez là, jeune fille.

— C'est Emmanuelle.

— Viens là, Emmanuelle. Viens ici, viens près de moi.

Ce fut la voix. Ou le regard. Non, ce fut le sourire, ou peut-être le tutoiement. Ou sa main qui se leva du clavier, et qui me fit signe d'approcher. J'avançai vers lui, je le vis de haut puisqu'il était assis, et ça me gênait. Il dut le percevoir car il se leva, s'approcha de moi, et je sentis ses mains se poser sur ma nuque offerte, puis flatter mes épaules puis mon dos. Il chuchota d'abord, doucement puis un peu plus fort, il m'appelait ma jolie, il m'appelait ma belle, il me dit que ça irait maintenant, il me dit que tout irait bien, maintenant. Alors, sans y penser puisque je ne pensais plus, je ramassai ses mains dans les miennes et je les ramenai à mon visage, je les embrassai de gratitude, je les respirai, et bientôt elles recueillirent mes premiers sanglots. Il m'étreignit. Et quand, apaisée, vidée, je voulus relever ma nuque pour l'admirer, il exerça de son avant-bras une contrainte plus appuyée, pour me garder encore un peu à son contact, et enfin immobilisée, ma course folle enfin terminée, j'arrêtai de lutter, et c'était si bon.

Calme, calme, ma jolie, voilà, comme ça, ne bouge plus. Comme tu es tourmentée, comme tu es fébrile, mon petit cheval perdu, ma belle alezane ! Vois comme tu t'énerves, comme tu tournes en rond, mais à quoi ça sert, hein, de gesticuler ainsi ? Viens plutôt manger un peu d'avoine, voilà, dans ma main, c'est ça, régale-toi.

Je vais t'avouer quelque chose, mon poulain, puisque l'heure est aux confidences. Ça fait quelque temps que je t'observe, que je te vois évoluer, t'agiter, piétiner, trépigner, et c'est pour moi le plus fascinant et le plus mystérieux des spectacles. Toi dont l'horizon est si vaste, presque infini, toi qui as tout ton temps, comme tu es drôle, avec ta tête pendante et tes sabots qui grattent le sol, à respirer bruyamment, à ne voir qu'à un mètre devant toi et à chercher on ne sait quoi.

Tu n'y peux rien, n'est-ce pas, je sais, c'est plus fort que toi !

Mais moi j'ai compris, je sais ce que tu veux, tu cherches la caresse, tu cherches la main, tu veux un contour, une limite à l'infini, n'est-ce pas ?

Pourquoi ai-je tant attendu ? Pourquoi n'ai-je pas bougé ? Ah, mais tu veux tout savoir... Imagine un peu : immobile, statique, je deviens un astre, un centre de gravité, et tu tombes comme un fruit mûr qui se détache, je n'ai aucun effort à faire, je n'ai même pas besoin de me pencher, de me contorsionner, je n'ai plus qu'à tendre la main. Le secret, tu vois, c'est de ne rien demander. Et moins je demande, plus tu t'offres à moi, et comme tu t'offres bien, ma jolie, mon petit cheval perdu, ma belle alezane ! Mais tu sais, je me servirai quand même, hein, tu entends, je prendrai tout !

Oh, mais tu trembles ?

Calme, calme, c'est fini, j'abrège tes souffrances, je te garde près de moi, tu seras contente ici, tu auras un toit, de la chaleur, tu seras bien nourrie. Avec l'horizon qui s'étale devant toi et la direction que je vais te donner, tu vas enfin courir pour quelque chose, tu iras loin, je ferai de toi quelqu'un.

Lève la tête, ma jolie. Tu as bien mangé ? Tu es rassasiée ? Viens prendre quelques caresses, maintenant, voilà, comme ça. À donner autant d'importance aux choses, à être si investie, tu vas finir par t'épuiser. Écoute un peu ton maître, le petit vieux qui te parle : tu sais, quand on est au bord du précipice, et tu le sauras bien assez tôt, il ne nous reste qu'à jouer, tu entends, Emmanuelle, souris un peu, tout ça n'est qu'un jeu.

CHEF DE CLINIQUE ASSISTANTE (CCA)

Ma vie débuta le 31 mars 1983, lorsque je poussai mon premier cri. Mon destin ne prit forme que vingt-huit ans plus tard : j'avais trouvé un maître.

Tout s'enchaîna très vite. Dans les hôpitaux, le mois de novembre, c'était toujours un jeu de chaises musicales, et avec R pour chef d'orchestre, chacun prit sa place sans sourciller. J'écrivis au chef de service de chirurgie viscérale d'Amiens pour décliner le poste qui m'avait été réservé. R me fit une place dans son service, tout fut organisé en quelques jours, si simplement, si facilement. Il me nomma au poste de CCA (chef de clinique assistant) du cheval breton qui prit le poste de MCU-PH (maître de conférences des universités - praticien hospitalier) du percheron qui prit le bureau et le titre de PU-PH (professeur universitaire - praticien hospitalier) du pur-sang anglais qui partit à Monaco. Mes co-internes changèrent de terrain de stage et furent remplacés par d'autres, plus jeunes, si jeunes.

Le mercredi 2 novembre 2011, le premier jour du semestre, R me donna rendez-vous à 7 heures dans la salle de repos du service. Il arriva à l'heure dite ; je l'attendais déjà, assise à table, depuis une dizaine de minutes. Il me salua d'un hochement de tête puis se dirigea vers le placard, en sortit un coffret en bois de la taille d'une boîte à chaussures, l'ouvrit soigneusement et fit apparaître plusieurs objets métalliques et un sac en tissu.

— Regarde-moi bien, demain matin à 7 heures, c'est toi qui feras ça.

Pression.

Avec des gestes précis et rapides, les mains si propres et fines qu'on aurait dit des mains de femme, il posa un moulin sur une balance, qu'il tara, versa les grains de café (« 30 g, c'est suffisant »), tourna la manivelle jusqu'à ce que la poudre cesse de grogner, puis fit bouillir de l'eau filtrée dans un récipient en cuivre doté d'un long manchon en laiton. Hors du feu, il y versa le café moulu et fit frémir la mixture jusqu'à l'apparition d'une écume, une fois, deux fois. Il ajouta ensuite quelques gouttes d'eau froide dans la décoction (« Pour faire descendre le marc au fond de la cafetière »). Enfin, minutieusement, délicatement, il répartit le liquide brûlant dans deux tasses, la sienne portant l'inscription « Best Dad Ever », la mienne, le dessin d'une vieille grand-mère bretonne. Je répétai plusieurs fois le protocole dans ma tête, et dès que je fus hors de son champ de vision, je notai tout sur mon petit carnet : 30 g - eau filtrée bouillie - deux frémissements - écume, écume - cuillère d'eau froide - ne pas prendre la tasse du père.

Le parfum du café, fort et agréable, emplit la pièce. R ouvrit un autre placard pour en extraire un panneau rectangulaire blanc, qu'il brancha, posa à l'extrémité de la table, puis alluma - c'était une lampe de luminothérapie, à la lumière intense, à large spectre, une de celles que l'on prescrit aux patients atteints de dépression saisonnière ou de fatigue chronique.

— Avec nos rythmes, enfin, surtout le tien, Emmanuelle, il faut se recaler tous les matins. Café et luminothérapie, c'est imparable.

J'étais tout sauf endormie. Sa présence engendrait chez moi un état d'alerte, d'éveil, j'étais sur le qui-vive, avec la caféine et la lampe en prime, j'allais certainement convulser. J'attendis qu'il lève sa tasse avant de faire de même, j'y trempai mes lèvres, avalai une gorgée et je crus bien que j'allais y rester. Le goût était puissant, violent, de la terre brûlée qu'on aurait infusée. L'amertume me souleva. J'ébauchai pourtant le plus digne des sourires, et je mentis.

— C'est... mmm... C'est délicieux, vraiment.

— N'en fais pas trop. C'est un goût qui s'acquiert, comme la boutargue, ou les huîtres.

— Ah.

— Tu n'aimes ni la boutargue ni les huîtres ?

Non.

— Si, si, bien sûr, évidemment, la boutargue, les huîtres...

— Tu t'y habitueras vite, et dans quelques semaines tu ne pourras plus boire le jus de chaussette que tu sirotes tous les matins, là, ton américain grand et fade.

Adios l'americano. Mon allongé était mort, R l'avait tué d'une balle dans le dos. Jamais plus je n'oserais remettre un pied dans le service avec mon grand Thermos dilué. Je pris une grande inspiration, puis me forçai et sifflai l'encre noire cul sec, ce qui provoqua chez lui un rictus amusé.

— Tu fais tout vite, toi.

Je crus voir percer sur son visage une forme de réjouissance, à mi-chemin entre la moquerie et la tendresse. Je virai instantanément de l'orange au rouge vif, plongeai mon regard dans ma tasse – le marc dansait gaiement au fond – et je me figeai. Mon plus grand désir se réalisait : en face de moi, bienveillant, R m'avait adoubée, il me faisait une place à ses côtés, l'avenir se dessinait radieux, et pourtant, pourtant, je ressentais une forme de malaise, une gêne, comme s'il m'offrait un cadeau démesuré et très très cher, alors que ce n'était pas mon anniversaire, et quel en serait le prix, à la fin, qui paierait la facture, hein, à la fin ?

Mû par une sollicitude toute nouvelle, R me posa mille questions sur ma vie, et je relatai les jeunes années d'une petite fille rousse dans un centre équestre de Picardie, épargnées de deuils et de drames, la vie douce et tranquille d'une enfant unique, fille d'un vétérinaire et d'une prof d'équitation – qui s'entendaient bien, pour l'essentiel –, son goût pour l'école et son esprit de compétition, sa nature solitaire et travailleuse.

Je retraçai la naissance d'une vocation, la jambe du père sauvée après une mauvaise chute de cheval, le chirurgien qui avait souri à la fillette en abaissant son masque, dans la salle d'attente, et lui avait assuré que son père s'était réveillé, allait bien et pourrait bientôt remarcher.

— Parle-moi encore de cet homme.

— C'était une femme.

— Tiens donc.

Un personnage venu de l'espace, une astronaute magicienne, vêtue de bleu des pieds à la tête, les mèches blondes qui s'échappaient d'un calot à motifs, des fleurs, ou bien des cœurs, je ne sais plus. Je me rappelais ses yeux rieurs et fatigués, et le visage crispé de ma mère qu'elle avait déridé si facilement, de quelques mots rassurants et optimistes. Je me souvenais surtout qu'elle m'avait touché la joue, je revoyais ses mains puissantes, un peu épaisses, trapues, mais si propres, si lisses qu'elles contrastaient avec toutes les autres mains de ma vie, les mains grossières aux ongles noirs, déformées par l'arthrose et gercées par le froid, tannées par le soleil, celles qu'on aimait embrasser, qu'on aimait respirer, mais qu'il valait mieux cacher au fond de ses poches ou derrière son dos. Alors que les siennes étaient tout sauf honteuses : elles pavanaient, elles s'affichaient fièrement.

— Une femme aux mains d'homme.

— C'est exactement ça.

R avait faim de détails, il voulait tout savoir, la rencontre de mes parents autour d'un cheval blessé, leur mariage à l'église, les vacances avec mes grands-parents en baie de Somme, les crêpes au chocolat sur la plage du Crotoy, les confitures de coing, les pot-au-feu d'hiver, les cours d'équitation que je donnais après l'école aux enfants de la ville - ces enfants aux chemises boutonnées jusqu'au col, si délicats, si maladroits -, les promenades à cheval dans la forêt de Retz, avec mon père, puis seule, de plus en plus souvent - mais, avec un cheval, est-on jamais vraiment seule ? - et puis Cédric.

— Il s'appelle Cédric ?

— Il s'appelait Cédric.

— Il est... décédé ?

Tout le monde tuait le pauvre Cédric.

— Non, on ne se voit plus, c'est tout.

— Peine de cœur.

— Non, non, pas de peine, ça va bien, je vais bien, je vous assure.

Un silence inconfortable s'installa.

— Et vous, vous vivez seul aussi ?

Pas de réponse.

— Pardonnez-moi, je ne voulais pas être indiscrète, je...

R interrompit mes balbutiements d'un geste de la main, comme un chef d'orchestre irrité. Puis il se leva avec un soupir, débrancha la lampe, la rangea et lava nos deux tasses malgré mes protestations, non, non, je vous en prie, je peux faire la vaisselle, ne vous dérangez pas. Depuis le couloir, on entendait des pas de plus en plus nombreux, le service s'éveillait, dans quelques minutes quelqu'un de très chanceux rentrerait pour se faire un café normal à la machine à capsules. Avant de repartir, R se rassit et me demanda ce que j'attendais de notre travail ensemble, de ce « partenariat » que j'avais si ardemment souhaité. Je soutins simplement que je voulais apprendre, devenir une chirurgienne accomplie, une très bonne chirurgienne, respectée par mes pairs et par les patients.

— C'est tout ?

— Oui.

— Parle sans crainte, Emmanuelle.

Et comme je ne répondais pas, il le fit à ma place.

— Tu veux poursuivre une carrière universitaire, devenir professeur, facilement si possible, acquérir une renommée internationale et diriger un jour un service.

— Oui, tout ça.

— Eh bien voilà. Ça va mieux en le disant, non ? Je vois que tu as très peu publié. Pas de nomination sans publications. Rappelle-moi le sujet de ta thèse de médecine ?

— « Complications postopératoires précoces dans la vagotomie hypersélective des ulcères gastro-duodénaux : une étude de 100 cas. »

— À Saint-Joseph ?

— Oui.

— Avec ce con de Laugier ?

— Lui-même.

— Tu peux faire mieux que ça. Je te trouverai un domaine de recherche, j'ai déjà une idée pour toi. Et puis, inscris-toi au Master 2 de sciences chirurgicales de Paris-VI.

— Il me semble que les inscriptions sont closes...

— Mais voyons, Emmanuelle, les inscriptions, c'est moi. Passe à mon secrétariat cet après-midi, dis à Isabelle d'ajouter ton nom sur la liste des étudiants. Et demande-lui la clef USB avec les cours, je préfère que tu passes ton temps au bloc plutôt que dans un amphi.

— Merci beaucoup... monsieur.

— Appelle-moi Jean-François.

R s'appelait Jean-François et je n'en revenais pas. Je soupirais son prénom dans le vague, comme une collégienne alanguie, je l'inspirais, je l'expirais, je le soufflais, je le souriais, j'embuais les vitres avec.

Chaque matin à 7 heures, dans la nuit finissante, je préparais le café à l'aube artificielle de la lampe – trop facile, 30 g, deux frémissements, écume, écume –, Jean-François prenait place à quelques centimètres de moi, je lui servais sa tasse du meilleur papa au monde (avait-il seulement des enfants ? une famille ? une mère ? avait-il un jour été bébé ?) et, la première gorgée de café avalée, R le taiseux, R le fuyant, R le furtif entamait son enseignement, et on ne l'arrêtait plus.

Il m'apportait des livres, un par semaine, des romans, à mon grand étonnement, car les médecins de mon entourage n'en lisaient guère. Quant à moi, je consacrais le peu de mon temps libre à la lecture d'articles scientifiques et de manuels de chirurgie, mais la littérature, qui m'avait accompagnée assez superficiellement à l'école – j'avais en tête quelques titres de romans étudiés au lycée et les laborieux commentaires de texte du bac français –, était sortie de ma vie in extenso au premier jour de mes études de médecine.

À présent, je n'avais plus tellement le choix, je devais m'avaler un roman par semaine, et chaque lundi, c'était le grand oral. Les questions de R prenaient la forme d'énigmes, elles me mettaient souvent en difficulté, et devant lui je bafouillais, je cafouillais, et à quoi bon savoir les artères, les veines, les aires ganglionnaires, connaître les nerfs, les os du squelette et les replis du péritoine, à quoi me servaient ces longues années à étudier enfermée à la bibliothèque si je passais pour inculte à ses yeux ?

Cette semaine-là, je rendis à R son vieil exemplaire jauni de *Madame Bovary* – je l'avais respiré, serré dans mes bras, je m'étais endormie avec toutes les nuits, la joue un peu baveuse collée à la première de couverture.

— Ça t'a plu ?

— Gé-nial.

— On ne sait jamais, avec toi, si tu penses ce que tu dis.

— C'était très bien.

— Alors réponds à cette question. Que manque-t-il à Charles Bovary pour être un bon médecin ?

— Oh, mais tant de choses... par où commencer ?

— Une seule chose, Emmanuelle. Une seule.

— Laissez-moi réfléchir... L'intelligence ?

— Non. Tu vois bien que la plupart des bons médecins sont des idiots.

— L'humilité ? Un simple médecin de campagne qui s'invente chirurgien...

— Tu me trouves humble, moi, par exemple ?

Question piège. Je me gardai bien de répondre.

— Non ? Tu ne vois pas ?

Non, vraiment, je ne voyais pas. Charles Bovary était un personnage ridicule, médiocre, naïf, c'était le dindon de la farce, l'apothicaire lui avait monté la tête, imaginer qu'il ne lui manquait qu'un seul attribut pour réussir une chirurgie orthopédique complexe m'était impossible. Il n'avait rien pour lui.

— Enfin, Emmanuelle, mets-toi à sa place !

— Mais je ne suis pas à sa place, jamais je n'aurais tenté une cure de pied bot, comme ça, sur un patient qui n'a rien demandé, en me formant à l'aide d'un vieux grimoire, sans m'entraîner, sans qu'on me montre avant...

— Tu brûles.

Je brûle. « Sans m'entraîner, sans qu'on me montre avant... »

— Mais oui, bien sûr ! Il lui manque un enseignant, il lui manque un maître !

— C'est bien, petite, tu comprends les choses. La médecine est un artisanat, Emmanuelle, elle ne s'apprend que par l'exemple. Tiens, ta prochaine lecture. *Voyage au bout de la nuit*. Tu réfléchiras à cette question pour lundi prochain : Bardamu soigne-t-il des maladies ou des malades ?

Chaque lundi, on opérait ensemble. Après avoir fait défiler les examens d'imagerie sur l'ordinateur, après avoir discuté des enjeux de la chirurgie qui nous attendait, on se lavait les mains côte à côte, Maria nous drapait de nos tenues de scène, l'enceinte jouait du Bach et, portés par la musique, on incisait à quatre mains. Le plus souvent, il me laissait procéder seule, sa voix me guidait, m'encourageait, je savais faire, disait-il, il n'était qu'un catalyseur, qu'un révélateur, répétait-il, tout était déjà en moi. Parfois il reprenait les instruments pour m'enseigner une technique, parfois il m'orientait d'une consigne, et parfois, parfois – non, je ne rêvais pas – il posait sa main gantée sur ma main gantée et orientait mes gestes. Alors je volais le vent dans le dos.

Dans le service, mon statut s'était modifié. J'avais un nom, une identité, j'étais quelqu'un, les autres médecins me reprenaient : « Emmanuelle, attends, on se tutoie, non ? », les internes m'admiraient et enviaient mon poste, les infirmières hochaient la tête à chacune de mes prescriptions, les panseuses m'ouvraient un bloc sur un coup de fil. J'avais rangé mes baskets blanches dans le placard, je paradais avec mes nouveaux mocassins noirs vernis et j'enroulais désormais ma crinière orange en un chignon strict et fier, piqué de quelques épingles, au sommet de mon crâne. Mais pour les patients, ça ne changeait rien.

— Attendez, c'est vous qui m'opérez ? Mais vous n'êtes pas l'infirmière ?

Désormais j'avais une consultation, chaque jeudi, orientée « cancer colorectal ». Les secrétaires la remplissaient à ras, elle débordait même, le plus souvent. Pour la première fois, j'avais des patients « à moi », dont j'étais responsable. Dès la veille au soir j'étais prise de crampes à l'estomac et je perdais l'appétit, la nuit était courte (ou longue, selon le point de vue), et le jeudi matin, après le coup de fouet turc, après un passage obligatoire aux toilettes, je me dirigeais vers les bureaux de consultation et mon chignon n'était plus si fier. Les premiers patients m'attendaient déjà sur leurs sièges, certains suspicieux mais résignés, d'autres confiants, optimistes, qui acceptaient leur sort sans se poser de questions, comme les voyageurs confient leur vie au commandant de bord d'un avion : il sait piloter puisqu'il porte le bon uniforme. Naïfs !

Ils m'exposaient leurs symptômes : des douleurs abdominales (comme moi !), des diarrhées (comme moi !), une perte d'appétit (c'est fou dis donc !), et finirais-je par ressembler à mes patients comme les chiens ressemblent à leurs maîtres ? Fatalement ?

Pourtant j'avais la théorie avec moi, je connaissais par cœur les indications chirurgicales, les risques de complications, j'avais la tête pleine d'organigrammes, de diagrammes, de cases, de listes, de tableaux, de flèches, mais ces connaissances ne parvenaient pas à m'apaiser – et pour cause : les patients ne rentraient dans aucune case. Aucun, absolument aucun malade n'était suffisamment docile pour s'orienter tranquillement dans l'arbre décisionnel, suivre les panneaux et se diriger selon les flèches déjà tracées. Il y avait toujours un symptôme inhabituel, une anomalie biologique inexpliquée, une maladie surajoutée, une allergie médicamenteuse au traitement indiqué. La théorie était le plus gros mensonge que l'humanité eût jamais inventé pour rassurer les étudiants en médecine. La vie, la vraie, c'était ça.

Figure 3

ARBRE DÉCISIONNEL : CANCER DU CÔLON DE STADE II

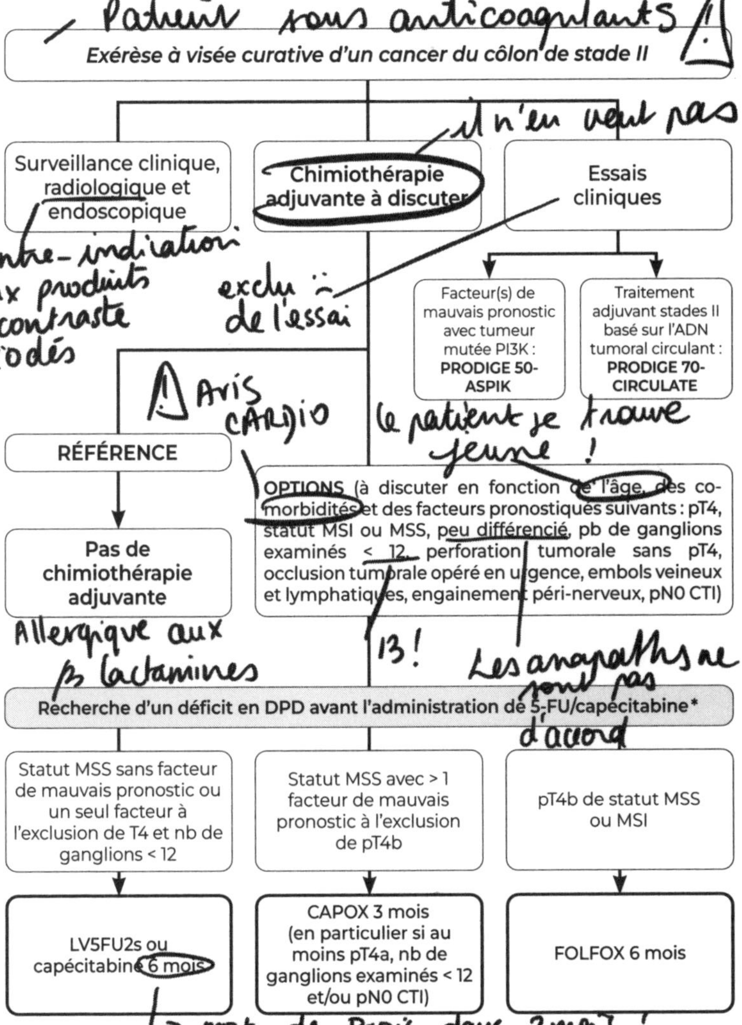

* : ajustement des doses de 5FU et capécitabine en cas de déficit partiel et contre-indication du 5FU et de la capécitabine en cas de déficit complet.

Quand un dossier posait des difficultés, je traversais le service à pas nerveux – mon chignon vacillait de droite à gauche – pour en discuter avec R. On le disséquait ensemble, il m'aidait à dégager les enjeux importants, à extraire la problématique principale, et j'y voyais plus clair. Les semaines passant, la peur de faire une erreur s'effaçait temporairement, oui, j'oubliais d'avoir peur, parfois, de plus en plus souvent, et mes symptômes digestifs criaient moins fort.

Mais l'erreur avance masquée. On ne la voit pas arriver. On ne la reconnaît jamais. C'est une règle que j'ai apprise au bloc et que je n'ai cessé de réapprendre. R m'avait mise en garde pourtant, régulièrement, quand il sentait que je cherchais à acquérir des automatismes pour gagner en efficacité et en temps de réaction. Il me répétait qu'il fallait se méfier des protocoles, des schémas. Que « l'expérience est une lanterne qui n'éclaire que le chemin parcouru » (Confucius). Qu'il fallait réfléchir au lieu de réagir. Que les organigrammes, c'était pour les idiots. Qu'il fallait désapprendre ce qu'on avait appris, chaque jour, se dépouiller de ses connaissances et voir chaque patient d'un œil neuf.

Désormais, j'accompagnais R à la faculté de médecine et je l'assistais dans ses cours magistraux d'anatomie pour étudiants de première année. C'était un drôle d'exercice. Il dispensait son cours devant un amphithéâtre surchargé, excité, survolté, qui tapait des pieds, sifflait et lançait des avions en papier. R décrivait les organes, et je devais les dessiner à la craie, en temps réel, sur le grand tableau noir. Il fallait le suivre, s'adapter, craie rouge pour les artères, craie bleue pour les veines, verte pour les nerfs, verte pour les nerfs donc… Mais où est la craie verte, merde, la craie verte, je l'ai vue sur le rebord du tableau il y a cinq minutes, je ne comprends rien, et R qui avance, qui continue à parler, à décrire les racines nerveuses cervicales, thoraciques, lombaires… Alors, pour ajouter l'humiliation à la panique, l'amphithéâtre me sifflait. Quand il m'avait suffisamment torturée, R me tendait la craie que je cherchais, avec un sourire. « Elle était juste là, Emmanuelle. » Incontestablement, c'était ma séance de sport de la semaine, et je la finissais exsangue et en nage devant un Jean-François calme et souriant, un Jean-François au-dessus de tout. Ou de presque tout ?

J'assistais également aux réunions du service et, assise à droite du monarque craint et célébré, je profitais de ce moment de proximité physique pour respirer son odeur, un mélange étonnant – qui n'appartenait qu'à lui – de transpiration, de vieux tapis et de cirage. J'observais les chevaux de l'écurie prendre place autour de la table ronde : le camargue, le breton, le percheron et mon cher Emilio, qui m'adressait de temps en temps un sourire complice. Les plus beaux débats avaient lieu dans cette salle et j'en étais la spectatrice. On discutait des patients, on était en désaccord, on s'emportait, on se déchirait, on se suspendait au jugement de R, qui tranchait sans trancher, d'une phrase laconique ou énigmatique que l'on interprétait longtemps après, car une fois R parti, on débattait du débat.

— Emilio, que voulait-il dire par « les voies lymphatiques sont impénétrables » ?

Et puis un matin, alors que je croyais entrevoir dans l'enchaînement des jours, à défaut d'une routine, un caractère cyclique du temps, quelque chose de rassurant dans la succession des événements - blocs, gardes, consultations, réunions, cours -, un homme que nous ne connaissions pas ouvrit la porte de la salle de réunion devant toute l'écurie. De quel droit ? Il fallait qu'il soit le monarque d'un royaume voisin pour déranger le nôtre, mais sa tête ne me disait rien, non. On aurait dit un mulet. Petite taille et grandes oreilles pointues, lunettes épaisses et yeux exorbités, son strabisme divergent exprimait au mieux un mystère, au pire une vacuité. L'un et l'autre peut-être. Non, à la réflexion, pas un mulet, il n'était pas équin, il avait plutôt quelque chose de canin, les dents peut-être, oui, les dents longues et acérées.

— Je cherche le professeur Renavand.

— Il est devant vous.

À l'aise, le clébard ! Vêtu d'un costume noir, il se tenait droit sur ses pattes, sans honte, sans crainte. Il ne venait pas seul, non, elle guettait là, à ses côtés, la meute invisible, l'institution, elle l'accompagnait et lui donnait une consistance, un aplomb. Mon regard oscillait entre R et lui, ping, pong, ping, pong, je ne savais pas qui parlerait en premier.

— Bonjour, professeur Renavand, je suis...

— Je sais qui vous êtes.

R se tut quelques instants. Les chevaux de la table ronde - et même Emilio, que jamais rien n'étonnait - se tenaient immobiles et attentifs. Je le sentais, la situation était inédite pour eux aussi. R toussota, s'éclaircit la gorge avant de s'adresser à l'assistance.

— Mes chers confrères, je vous présente monsieur Chiffre.

— Je m'appelle monsieur Pa...

— Monsieur Chiffre, disais-je, est cadre administratif à l'APHP et il vient nous aider à rendre notre service plus rentable. Car je vous l'apprends, et peut-être l'ignoriez-vous, notre service est déficitaire, si tant est que ça veuille dire quelque chose. Je vous laisse donc avec lui, il vous expliquera ça dans les détails, et sûrement mieux que moi. Veuillez lui réserver l'accueil qu'il mérite.

Les chevaux renâclèrent de concert.

R s'exprimait calmement, mais son irritation transparaissait quand même, subtilement, en élargissant ses narines et en contractant de façon inhabituelle les commissures de ses lèvres. Il se leva brusquement, puis jeta un regard dans ma direction.

— Emmanuelle, viens avec moi.

Bien sûr, Jean-François. Au bout du monde je te suivrais. On fit un crochet par la cafétéria. Lui que je n'avais jamais vu grignoter autre chose que des fruits secs commanda deux sandwichs au jambon et une bouteille de jus d'orange qu'il mit dans un sac à emporter, et nous traversâmes ensemble, sous les flocons de décembre, la Pitié brumeuse, la Pitié givrée. En silence, il avançait d'un pas pressé et sûr. Je le suivais à distance de quelques mètres, je progressais à pas plus lents, tâtonnants, je contournais les plaques de verglas, je vérifiais mes appuis. R s'acheminait vers le sud de l'hôpital, en direction du bâtiment des chambres de garde.

Mais pourquoi ? Que signifiait cette excursion dans le froid en pleine matinée – il ne quittait jamais le service – et pourquoi les deux sandwichs ? Il s'était peut-être trompé, il allait tourner à droite, à gauche, faire demi-tour, prendre un autre chemin, mais non, nous avancions toujours et le bâtiment des chambres de garde grandissait à notre approche. Je devais me faire une raison : il m'emmenait dans une chambre. Voilà, mon heure avait sonné, j'allais passer à la casserole, ça devait bien arriver, il n'y avait pas de raison pour qu'il me donne autant de lui-même sans contrepartie. Personne n'était aussi généreux ! Mais que penser des sandwichs au jambon ? C'était peut-être ce qu'il aimait manger après l'amour ? Mais alors pourquoi un seul jus d'orange ?

Voilà, il s'était arrêté en bas des marches. J'étais foutue. Je pris une grande inspiration et je me raisonnai : allez, Emmanuelle, arrête de faire ta mijaurée, tu es une grande fille, on n'a rien sans rien, tout se paye. *Tout se paye*, Emmanuelle. C'est parti, tu fermes les yeux (tu peux en ouvrir un par curiosité), tu prends sur toi et tu t'offres à la science !

— Ça va, Emmanuelle ? Tu te sens bien ?

Des images plein la tête – de R tout nu principalement –, je vacillai, je chancelai presque, et il me fallut quelques secondes pour revenir à la surface.

— Hein ? Oui, oui, ça va.

Je retrouvai R – entièrement habillé – à quelques mètres de moi, aux pieds du sans-abri qui dormait au sol, plié comme un croissant dans son sac de couchage mauve sale. R s'avança au plus près de lui, appuya un mocassin sur son flanc, tapota gentiment pour le réveiller, puis un peu plus fort, jusqu'à provoquer l'émission d'un grognement rauque. Puis il se mit à l'appeler.

— Charles... Charles...

Je n'en revenais pas. Le SDF en haillons était un roi de France.

— Oh, Charles, réveille-toi, bon sang !

R s'impatienta. Sans crier gare, il lui décrocha un coup de mocassin, direct dans le foie.

— Aargh ! C'est bon, c'est bon... je me lève.

— J'ai besoin de la clef de l'animalerie.

Le roi des clochards se redressa en bougonnant, remonta son pantalon bouffant qui descendait sur l'aine, plongea ses mains velues dans une poche puis dans l'autre et en sortit un trousseau garni de mille clefs, qui formaient une sphère tant elles étaient nombreuses. R posa la nourriture au pied du sac de couchage.

— Tiens, pour ton déjeuner, ça te changera des souris grillées.

— Merci, Jean-François. Tu es trop bon.

— Je te présente Emmanuelle.

R me désigna du bras. Charles me toisa et sourit de toutes ses gencives. Quelques rares dents tranchaient le rose d'un jaune crasse.

— Mais on se connaît déjà, ha ha ! Elle court vite, pas vrai, la mignonne ?

Je ne répondis pas. Nous entrâmes tous les trois dans l'animalerie – l'immeuble mitoyen de celui des chambres de garde – dont les couloirs renfermaient ces mêmes relents d'ammoniac qui embaumaient les dortoirs, mais en plus concentré : c'était de l'essence d'urine de souris. L'odeur me prit à la gorge, me brûla les muqueuses, me souleva le cœur. Je les suivis tout de même, une main à la bouche, l'autre sur l'abdomen, et descendis au sous-sol. Ils s'étaient arrêtés dans une grande pièce sombre, une chambre froide qui contenait plusieurs congélateurs dont les tiroirs gris métallisé, alignés, recouvraient un mur entier.

— Laisse-nous, Charles.

Éros avait fait place à Thanatos, sans transition aucune, et l'anxiété s'ajoutait désormais aux nausées qui se surajoutaient au froid, et jusqu'où grandirait la pile ? Je me sentais mal, j'avais envie de pleurer, je voulais rentrer chez moi. Je devais faire une drôle de tête car Jean-François s'approcha de moi et posa sa main sur ma joue.

— Pauvre petite chose. Je ne te ménage pas.

— Non.

— Tu as envie de pleurer ?

— Oui.

— Tu es une brave fille, Emmanuelle.

La brave fille se retrouvait dans une cave qui puait la pisse de rongeurs, les yeux brillants de larmes, en face d'un homme qu'elle ne connaissait pas plus que ça, finalement, un homme bizarre, un homme inquiétant. Pouvait-il aller jusqu'au meurtre ? Allait-elle finir dans la section faits divers du journal du lendemain, la brave fille ?

— Pour être nommée MCU, puis PU-PH, il te faut un sujet de recherche. Et sur ce thème tu vas écrire une dizaine de papiers. Tu me suis ?

— Oui, je vous suis.

— Mais tous les thèmes ne se valent pas. Pour acquérir une renommée internationale, tu as deux possibilités : soit tu apportes un bénéfice majeur à la prise en charge d'une maladie rare, soit tu apportes un bénéfice, même modéré, même minime, à la prise en charge d'une maladie répandue. Tu me suis toujours ?

— Je vous suis toujours.

— Alors venons-en au fait. Cela fait des années que je m'intéresse au microbiote intestinal comme approche thérapeutique. Tu me diras, je ne suis pas le premier, les publications à ce sujet ont explosé ces dernières années...

J'acquiesçai. J'avais lu des dizaines d'articles de gastro-entérologues sur ce thème. Le microbiote – ou flore microbienne intestinale – est l'ensemble des micro-organismes présents dans le tube digestif. Il se forme dans les premières heures de vie, par contamination à partir de l'environnement immédiat, et évolue de façon dynamique au cours de notre existence. Chez un individu en bonne santé, il intervient principalement dans la digestion et l'immunité. Son dysfonctionnement peut être à l'origine de certaines maladies infectieuses et inflammatoires ou de déséquilibres métaboliques, comme l'obésité ou le diabète.

— Tu sais ce que c'est qu'une greffe fécale, Emmanuelle ?

— Non...

— C'est l'ingestion par voie orale de fèces à visée thérapeutique. Cette technique est utilisée dans la médecine chinoise depuis des milliers d'années, avec plus ou moins de succès, et en Occident, plusieurs études ont mis en évidence son efficacité dans le traitement de certaines infections digestives et de maladies inflammatoires de l'intestin.

Manger le caca d'un autre en bonne santé pour récupérer les bactéries qui nous sont utiles. Malin.

— Le problème, tu vois, c'est que l'ingestion par voie orale implique le passage par l'estomac et son environnement très acide, et la plupart des micro-organismes ne survivent pas à un pH aussi bas. Ce qu'il faudrait, Emmanuelle, c'est trouver une façon d'inoculer la greffe fécale directement dans l'intestin...

— Au cours d'une chirurgie !

— Eh oui, on profiterait d'une chirurgie abdominale pour

instiller, avec une seringue et en intra-intestinal, un échantillon microbiotique.

Je m'approchai des congélateurs, ouvris un tiroir et découvris des rangées de tubes numérotés : des échantillons de fèces. Il devait y en avoir des milliers. Le professeur Renavand était un collectionneur de cacas, mais plus rien ne m'étonnait.

— C'est une banque fécale que j'ai constituée ces dix dernières années.

— Incroyable.

— Mais vrai.

— Et quelle pathologie pensez-vous pouvoir traiter ?

— Pour commencer, l'obésité.

— Rien que ça !

— Il faut être ambitieux, Emmanuelle. On instille l'échantillon d'un patient mince dans l'intestin grêle d'un patient obèse, et on note le poids qu'il perd dans l'année. Évidemment, on compare avec une cohorte de patients témoins.

C'était brillant. Et si ça marchait, ce serait une véritable révolution. R me sourit et s'avança vers moi, fit peser une main sur mon épaule.

— Tu es une très belle femme, Emmanuelle, le sais-tu ?

Je baissai les yeux. Éros rappliquait au galop.

— Mais un jour, et plus tôt que tu ne le penses, tu seras vieille, et les hommes ne te regarderont plus. Si tu construis une œuvre, si tu deviens quelqu'un, au moins ils t'écouteront.

— TU TE LE FOUS AU CUL, TON AUDIT DE MERDE, ET TU DÉGAGES !

Non, je ne rêvais pas, c'était bien la voix de R, 10/9 sur l'échelle de Richter, qui faisait trembler les murs, se déliter le sol et s'envoler les oiseaux. On vit monsieur Chiffre détaler la queue entre les jambes, les brancardiers passer la troisième, les infirmières baisser les yeux vers leurs chaussons en caoutchouc et les internes chercher un abri. Je traversai le service comme on sillonne un champ de mines, dans le silence bourdonnant d'une accalmie que l'on sait transitoire et dans la crainte d'une nouvelle déflagration.

— NON MAIS ON CROIT RÊVER !

Une réplique ! Je sursautai. L'épicentre était proche, sans aucun doute. Vite, je m'accroupis un instant, derrière une porte, les mains sur la tête, et j'attendis les yeux fermés que le silence réinvestisse les lieux. Quand je m'estimai suffisamment en sécurité, je me relevai et avançai dans le couloir, chancelante, me tenant aux murs, vers le bureau du criollo, entrouvert et éclairé. Emilio était assis, les mains sur les oreilles, un peu sonné lui aussi. Je lui demandai sa protection, il me l'offrit de bon cœur et fit vibrer sa machine à café.

— Tu le veux allongé ?

— Serré, s'il te plaît. *Qué pasa*, Emilio ?

— Tu n'as pas regardé tes mails aujourd'hui ?

— Pas encore, raconte-moi.

— Chiffre a sorti son rapport sur le service.

— Et alors, ça donne quoi ?

— Et alors, c'est la *mierda*.

Emilio haussa les épaules dans un soupir, impuissant, désolé. On l'avait presque oublié, le monsieur Chiffre, l'émissaire de la direction. Certes, ces derniers temps, on l'avait vu traîner ses guêtres, son regard strabique et ses grandes oreilles pointues dans le service, on l'avait vu observer, prendre des photos et quelques notes sur sa tablette, poser des questions à droite à gauche (de rares traîtres lui répondaient), s'éloigner à l'approche d'un médecin et se volatiliser instantanément à la vue de R. Il progressait à pas de loup et en silence, il savait se faire discret, il ne dérangeait pas. Mais qu'avait-il bien pu écrire dans son rapport ? Pourquoi R était-il dans tous ses états ? Emilio fit pivoter son ordinateur vers moi.

— Regarde-moi ça.

Des paragraphes et des paragraphes, des figures aux mille couleurs, des tableaux comparatifs, des diagrammes en bâtons, des courbes, des nuages de points, des camemberts en veux-tu en voilà. Un rapport d'une trentaine de pages, divisé en problèmes et en solutions. Pendant que je lisais des passages à voix haute, avec surprise, avec emphase, Emilio levait les yeux au ciel ou entrecoupait ma lecture d'insultes en espagnol. On y apprenait notamment :

— Que le temps interbloc était actuellement de dix-neuf minutes en moyenne (temps de ménage inclus) et pouvait être optimisé, avec une meilleure coordination des équipes soignantes (notamment le brancardage) dans l'objectif d'être réduit à moins de quinze minutes. *¡Cabrón!*
— Qu'un logiciel de dictée vocale serait installé pour que le « temps secrétaire » soit dédié à la prise de rendez-vous et non plus à la frappe des comptes rendus d'hospitalisation. *Los hijos de puta...*
— Que les séjours hospitaliers étaient encore trop longs et qu'une meilleure coordination avec des réseaux de médecine de ville permettrait de réduire le temps d'hospitalisation. *¡Joder!*
— Que les chirurgies rentables (cholécystectomie, appendicectomie, colectomie de décharge) devaient être privilégiées par rapport aux chirurgies lourdes, notamment les transplantations hépatiques, ces dernières devaient être limitées car le remboursement du GHS ne couvrait pas entièrement l'ensemble des frais engagés par l'hôpital. *¡A tomar por culo!*
— Que les jours de congés payés qui n'avaient pu être posés deux ans après leur acquisition seraient effacés du compte épargne temps. *Gilipollas...*
— Que l'ouverture de nouveaux postes médicaux et paramédicaux et le remplacement des effectifs ne seraient accordés qu'une fois atteints les objectifs chiffrés définis annuellement par la direction administrative de l'hôpital.

Je relus ce passage une seconde fois. *L'ouverture de nouveaux postes médicaux et paramédicaux et le remplacement des effectifs ne seront accordés qu'une fois atteints les objectifs chiffrés.*

— C'est pas bon pour moi, ça, Emilio.

— *Claro que no.*

— Me dis pas ça !

— Ma qu'est-ce que je peux dire d'autre, c'est pas bon pour toi, c'est pas bon pour le service, c'est pas bon pour les patients. On est tous perdants. Tu sais, Emma, j'en ai connu des messieurs Chiffre en Argentine. Ils en veulent plus, toujours plus. Et le problème avec les chiffres, c'est qu'il y a toujours un chiffre plus grand, qui écrase le précédent.

— C'est sans fin.

— Comment peut-on demander au service autant d'efforts ? On va nous sucrer notre compte épargne temps. J'ai presque huit mois de salaire sur le mien ! Et je ne veux pas être celui qui annonce à la femme de ménage qu'elle ne va pas assez vite... Et puis tiens, on va devenir des secrétaires aussi, déjà qu'on est brancardiers, psychologues, infirmiers... Viens bosser à l'APHP, pour un seul salaire tu auras la chance de faire mille métiers ! Et le pire, Emmanuelle, le pire...

— Quoi, il y a pire ?

— Oui, il y a pire. Dans peu de temps, je te le prédis, on va tous s'entretuer dans le service.

— Non, Emilio, tu te trompes. Au contraire, on va se serrer les coudes, on va être solidaires...

— Mais que tu es naïve ! Je te dis que les cadavres joncheront le sol, il y aura ceux qui tueront, ceux qui mourront, et ceux qui piétineront les corps. Et puis non, ce n'est même pas ça le pire...

— Quoi, il y a encore pire ?

Emilio hocha la tête gravement, les yeux exorbités. (J'avais une jument, quand j'étais adolescente, qui s'appelait Cassandre. Le même regard fébrile.)

— Oui. Le pire, Emmanuelle, tu sais ce que c'est ?

— Dis-moi !

— Le pire, c'est que bientôt, on va trier les patients : rentable, pas rentable...

Mon pauvre criollo baissait la tête comme un cheval perdu.

— Mais non, Emilio ! Tu sais, il est fort, Renavand, il ne laissera pas faire, il a énormément d'alliés dans l'hôpital. Et puis, il a le bras long, je suis sûre qu'il trouvera une façon de...

— Ma pauvre amie, ils lui couperont le bras !

Le bureau s'ouvrit dans l'instant. Je reconnus immédiatement les mains velues et massives du percheron posées sur la tranche de la porte. Émile paraissait nerveux, ses épais sourcils blancs fusionnaient d'inquiétude à la racine de son nez.

— Emilio, ça va ?

— Je suis au bout du nerf, mon ami.

Le percheron dévia le regard vers moi.

— Ah, Emmanuelle, tu es là. Le patron te cherche.

— Ah bon ? Où est-il ?

— Il part à l'animalerie. Ça avance, le microbiote ?

— Oui, pas mal ! On vient d'envoyer l'article sur la faisabilité de l'inoculation microbiotique intra-intestinale au *Journal of American Surgery*. Et là on termine le préclinique. C'est aujourd'hui qu'on pèse nos souris.

— Ne le fais pas attendre. Il est de mauvais poil !

Dans le froid sec de février, la Pitié ne laissait transparaître aucune trace du séisme qui l'avait ébranlée. Je marchais au pas, je n'avais plus l'âge de courir. Je cherchais une trace, des stigmates, quelque fissure ou brèche au-dehors, mais la ville dans la ville paraissait intacte. Le givre recouvrait les chaussées et les trottoirs d'une patine blanchâtre. Plusieurs patients emmitouflés cherchaient leur chemin, un plan à la main.

Au loin, j'aperçus de dos la frêle silhouette, elle avançait à une centaine de mètres devant moi. Maigre, évanescente, elle me semblait glisser au-dessus du sol. Je me mis à craindre, subitement, qu'un jour son esprit ne l'emporte sur son corps et que R ne disparaisse. En le suivant du regard, je me remémorai les prédictions du criollo. Il avait promis l'Apocalypse, pas moins. Je n'arrivais pas à y croire. Non, je ne voulais pas y croire. R était un homme puissant. Puissant, ça voulait dire qu'il prenait les décisions. Ça voulait dire qu'on l'écoutait, qu'on se soumettait, qu'on le craignait, ça voulait dire qu'on s'inclinait. Et tout chien qu'il était, le Chiffre ravalerait ses crocs et tirerait sa révérence.

Je pénétrai dans l'animalerie et descendis au sous-sol. R s'affairait sur la paillasse. Il me salua, me sourit comme à son habitude. Son visage était indemne, sa voix claire, posée. Je lui rendis son sourire, et dans le même temps une question fit irruption dans mon esprit. Je tentai de la dissoudre, mais il était trop tard, elle s'était immiscée, elle s'était imposée et ne me laisserait plus tranquille : que pouvait une lettre, même la plus majestueuse, même la plus majuscule, contre un chiffre ?

— Mais dis-moi, Emmanuelle, si tu mets moins de nourriture dans la cage, elles vont forcément maigrir, tes souris ! Pourquoi les opérer ? C'est quand même bien compliqué ton histoire...

— Essaie de comprendre, papa, c'est pas un nouveau régime, c'est un traitement. Et si ça marche comme on le croit, ce sera... une ré-vo-lu-tion !

— D'accord, d'accord, ma chérie, si tu le dis. Je pensais que pour maigrir il suffisait de manger moins et de faire du sport, mais vraisemblablement, je suis dépassé. Et sinon, tu vois des amis ?

Je raccrochai. Non, je ne voyais pas d'amis. Je n'avais pas le temps de voir des amis. Qu'il me pardonne si j'avais plus d'ambition que la construction d'une vie sociale aléatoire et labile ; je bâtissais une œuvre.

Et avec Jean-François, nous avions tant à faire. Nous avions pesé nos souris une à une : une trentaine de petites boules grises et poilues que nous avions sorties des cages et posées sur la balance. R manipulait les rongeurs avec aisance.

On ne pouvait pas tout à fait en dire de même me concernant, car je tremblais autant qu'eux.

— Tu as peur des souris ?

— Bien sûr que non.

Les résultats étaient manifestes. En un mois seulement, les quinze souris qui avaient bénéficié d'une greffe fécale avaient perdu en moyenne 10 % de leur poids, alors que le groupe témoin (opéré quand même : on leur avait injecté du sérum physiologique) conservait un poids identique. Deux participantes avaient subi des complications peropératoires et étaient décédées mais, à ma décharge, l'intestin d'une souris est millimétrique, et malheureusement, on passe vite au travers. L'enregistrement vidéo, en particulier, était édifiant. Sur le plan comportemental, les souris traitées s'alimentaient plus lentement que l'autre groupe, de façon plus raisonnée, et passaient plus de temps à courir sur la roue. Les souris témoins demeuraient hyperphagiques, sédentaires, apathiques.

Jean-François construisait l'article à voix haute, je n'avais qu'à saisir ses paroles au vol et à les figer sur le papier. Il les dispersait çà et là dans les couloirs de l'hôpital et je le suivais à la trace, un carnet à la main. En marchant, il traçait d'étranges figures, le plus souvent des ovales irréguliers de plusieurs mètres, et quand il était nerveux, il partait en triangle. Parfois, il s'enfilait une poignée de fruits secs et poursuivait son discours en mâchonnant. Alors je ne comprenais plus rien et je devais extrapoler des passages entiers. D'autres fois, c'est au beau milieu d'une chirurgie qu'il dissertait. Les mains emprisonnées dans l'abdomen d'un patient, il m'était impossible de prendre des notes, je l'adjurais d'arrêter, pitié, je vous en prie, Jean-François, j'ai les mains prises, je ne peux pas écrire. Il me répondait alors : « Tant mieux, au moins tu écouteras. »

Le soir, pour être encore un peu avec lui, je relisais mes notes, je les mettais en ordre, et je les retranscrivais au mieux, pour en restituer la force et l'éclat. Puis je brodais les passages manquants, complétais la pensée qui m'avait été tracée en pointillé. En un mois, soit deux fois plus rapidement que pour l'article précédent, je pus lui rendre notre deuxième article.

R paraissait surpris.

— Déjà ? Voyons ça.

Il prit la liasse de papier, la parcourut attentivement.

— Ça va faire beaucoup de bruit.

— Vous croyez ?

— Oui. On peut viser les meilleures revues.

— *Science* ?

— Ou pourquoi pas *Nature*, le *Lancet* ou le *New England*. Allez. Shoot. On envoie.

Ce fut *Nature* pour les souris. Puis *Science* pour notre première étude sur l'homme. Puis deux *Lancet* successifs et un *New England Journal of Medicine*. En deux ans, nous remportâmes le Grand Chelem des revues scientifiques. Tous les articles étaient signés de mon nom. Pour une raison que j'ignorais, R refusait d'apparaître sur les publications.

Sur l'homme, la technique fonctionnait également, et bien au-delà de nos espérances. Elle régulait l'appétit et faisait perdre du poids à nos patients de façon continue et régulière. Certains diabètes involuaient même quelques mois après l'intervention.

La base de données que nous construisions était un terreau inépuisable de questions et de réponses, une source infinie d'articles, les fondations d'une carrière entière. Je comprenais désormais la mécanique de la recherche (une question, une réponse, de nouvelles questions), j'étais de plus en plus à l'aise, je m'autorisais des avis, des prises de position et, parfois - c'était nouveau -, j'avais des idées.

— Si, au lieu d'injecter l'échantillon dans le duodénum, on l'inoculait directement dans le jéjunum ? Le pH serait sûrement plus favorable à la prise de greffe ?

— Ne te disperse pas, Emmanuelle.

Je voyageais désormais, on m'invitait dans les congrès internationaux de chirurgie pour présenter mes résultats et en discuter les enjeux. Dans l'avion, seule, je touillais la poudre de céleri dans mon jus de tomate en révisant mes diapositives. R ne m'accompagnait jamais, il aimait répéter que si on voulait lui parler, on n'avait qu'à venir à lui. Mais il était là quand même, malgré lui, en Europe, aux États-Unis, au Moyen-Orient, en Asie : je sentais sa présence partout où j'allais. J'avais parfois des fausses reconnaissances, je croyais voir son ombre dans le couloir d'un hôtel, je pensais l'identifier dans un restaurant ou un amphithéâtre. La joie et l'angoisse s'entremêlaient dans un sursaut. Qu'est-ce qu'il faisait là ? Non, non, c'était un autre, c'était toujours un autre.

Je rencontrais des chirurgiens du monde entier, je débattais lors de tables rondes, avec de plus en plus d'aisance, et en anglais s'il vous plaît, on me présentait comme l'avenir de la chirurgie digestive. On citait toujours son nom dans la même phrase que le mien, bien sûr, et comment en aurait-il été autrement... Et parfois, parfois, son nom supplantait tout bonnement le mien. « C'est le poulain de Renavand », disait-on.

J'en avais rêvé, n'est-ce pas ?

Je fêtais mes trente-trois ans le jour de la soutenance de ma thèse de sciences. Être docteur une fois ne me suffisait pas. Je serais docteur au carré. J'avais mis une robe noire et ajustée, mes talons annonçaient ma présence d'un cliquetis nerveux et décidé, mon chignon piqué au sommet de mon crâne se tenait insolemment droit et défiait les cieux. J'avais même osé les boucles d'oreilles et le vernis à ongles rouge, d'habitude prohibé dans nos métiers de soin. Les plus grands chirurgiens parisiens prenaient place dans le jury, et au cœur de l'assistance, je reconnaissais une bonne partie de l'écurie ainsi que trois de mes internes, mon père et ma mère. Au fond du couloir, le buffet reposait froid et attendait son sort.

Avant la soutenance, je présentai mes parents à Jean-François. Ils avaient fait à ma demande un effort vestimentaire considérable. Robe en velours bleu pétrole pour ma mère, chemise blanche, pantalon de costume noir et veston jacquard pour le Padre. Leurs chaussures habituellement maculées de boue avaient été cirées avec soin.

Ma mère salua R de son plus beau sourire, puis s'assit à sa place. Mon père discuta avec lui un instant, je ne sais pas de quoi, j'avais du mal à lire sur leurs lèvres, ils étaient tous les deux de profil. Et quels profils ! Une masse et une ombre. La rencontre avait quelque chose d'irréel. Je me l'étais imaginée, bien sûr, je l'avais souvent jouée et rejouée pendant les quelques semaines qui avaient précédé la soutenance, je l'attendais et la craignais, je l'avais fantasmée comme la rencontre du corps et de l'esprit, celle du cœur et du cerveau, du père biologique et du père symbolique. La matière et l'antimatière. Ça allait exploser, c'était certain !

Et voilà que sous mes yeux, ils se scrutaient, se toisaient, sourires forcés et salamalecs, je suis honoré, non, tout le plaisir est pour moi, non non je vous assure, tandis qu'une méfiance contenue s'inscrivait subtilement en miroir sur leurs deux visages. J'appris ce jour-là qu'il est des conflits de désirs comme il existe des conflits d'intérêts. Jamais je n'aurais pu anticiper que leur rencontre serait celle de l'épouse légitime et de la maîtresse. D'ailleurs, il m'était impossible de dire qui était l'une et qui était l'autre...

Non mais sérieusement, qu'est-ce qu'elle lui trouve, à ce vieil homme ?

Soutenance. Applaudissements. Félicitations. Médaille. Champagne. Pas de serment. Les scientifiques, contrairement aux médecins, ne prétendent pas à une éthique.

La nuit tombait, les chambres s'allumaient les unes après les autres et constellaient le ciel de la Pitié d'éclats ambrés. Mes parents m'attendaient à l'entrée de l'hôpital, et je me dirigeai vers le service pour déposer mes affaires et récupérer mon manteau. On irait dîner quelque part en ville, pour l'occasion. J'aurais voulu inviter Jean-François, mais il s'était volatilisé après la soutenance. Et avec lui, la joie et la fierté que j'avais éprouvées devant l'auditoire. À chaque victoire, à chaque avancée, la jubilation se faisait plus fugace, plus superficielle, et ressemblait davantage à un soulagement.

En traversant le service, je me sentais ailleurs et j'avais mal aux pieds. Les infirmières du soir venaient de prendre leurs fonctions ; je les saluai d'un sourire mélancolique et d'un signe de la main.

— Et alors, tu passes devant une patiente qui t'appelle et tu ne t'arrêtes pas ?

C'était Emilio, à quelques mètres devant moi. Je m'arrêtai net et me retournai. Au milieu du couloir, je vis sur un brancard une vieille dame édentée qui poussait des plaintes inarticulées, des gémissements rauques, une main pendant hors du lit me faisant signe d'approcher.

Je l'avais dépassée sans même la voir, sans même l'entendre.

— Pardonne-moi, Emilio, je suis épuisée, je sors de ma soutenance. Je vais lui majorer ses antalgiques.

Il avança vers moi en trombe, sans crier gare, empoigna ma nuque et colla mon visage contre celui de la vieille. Je ne sais plus à quoi elle ressemblait, si ce n'est que ses traits étaient ravagés par l'âge et la douleur, et que ses yeux étaient verts comme les miens.

— Et à quoi ça sert, si tu n'entends plus les patients ? Cette vieille dame, c'est toi, tu comprends ? Hein ? On passe tous de l'autre côté un jour, tu comprends, ça, tu comprends ?

Il me hurlait dans les oreilles, mes tympans allaient se rompre. Je réussis à le repousser. Son visage était méconnaissable, induré par la colère, ses yeux deux billes noires ratatinées. Je ne l'avais jamais vu ainsi.

— Mais qu'est-ce qui te prend, Emilio ?

Alertées par les cris, deux infirmières firent quelques pas dans notre direction, mais je leur fis signe de s'éloigner. Emilio reprit la parole, un ton plus bas.

— Tu as bien changé. Avant, au moins, tu faisais semblant de t'intéresser aux malades.

Il avait osé.

— Mais tu crois que c'est quoi, la recherche ? Mon travail peut changer la vie de millions de patients.

— Oh, ça va, oui ?

— Mon travail peut changer la vie d'un patient à l'autre bout du monde. Alors, Emilio, va faire la leçon à quelqu'un d'autre !

— À peine thésée et déjà prétentieuse !

— Mais pourquoi n'es-tu pas venu à la soutenance ? Je pensais t'y voir.

— Il faut bien qu'un praticien hospitalier gère le service quand les universitaires changent le monde.

Il balaya mon corps d'un regard obséquieux, de haut en bas. Il remarqua les boucles d'oreilles, la robe, le vernis, les chaussures. Il esquissa un sourire.

— Un chirurgien en talons hauts ! On aura tout vu.

— On dirait que ça te dérange.

— En aucune façon, Emmanuelle. En aucune façon, ricana-t-il. Tu redescendras bien assez tôt.

Mais qui vois-je au loin ? C'est elle, c'est ma championne ! Approche, ma jolie... Viens là, viens voir ton vieux maître. Viens reprendre ton souffle, boire un peu d'eau et recevoir une caresse. Là, voilà. Regarde, dans ma main, une sucrerie, c'est pour toi, mange, régale-toi. C'est bon, hein, tu aimes ?

Oui, bien sûr, je t'ai regardée courir, d'ailleurs je n'ai vu que toi. Comme tu te dépasses, comme tu donnes tout ! Tu enchaînes les victoires, une course après l'autre, méthodique, implacable... Un phénomène !

Et que d'applaudissements... Tu sens comme ça réchauffe, la reconnaissance, tu sens comme ça porte ? Ces regards qui glissaient sur toi s'accrochent désormais. Toutes ces voix qui prononcent ton nom, tous ces sourires et ces révérences. Et puis, on s'écarte à ton passage. C'est grisant, n'est-ce pas ?

Tu as tellement changé depuis notre première rencontre. Ton corps s'est musclé, fuselé, il a gagné en densité. Tes sabots sont ancrés au sol. Tu n'as plus rien du poulain craintif et frêle qui s'agitait dans tous les sens. Tu relèves la tête. Tu sais où tu vas. La pression que tu t'infligeais, c'est aux autres que tu la fais subir maintenant. Regarde-les ! Ils t'admirent et te craignent et te bénissent et te maudissent et tout ça en même temps.

Tu as perdu quelque chose aussi. Un je-ne-sais-quoi dans le regard, une attente, un éclat, qui s'est éteint. Que veux-tu, on n'a rien sans rien, tout se paye. Tout se paye, Emmanuelle. À chaque marche vers le sommet tu laisseras quelque chose, c'est inévitable. Dans quel état y arriveras-tu ?

Et puis, il y a autre chose. Si, si, j'insiste, tends bien tes oreilles, c'est important. Depuis peu, depuis que tu as pris confiance, j'ai l'impression – enfin, c'est assez subtil – que ton regard me cherche de moins en moins, avant les courses. Comme si... comme si tu voulais oublier ma présence. Comme si tu voulais voir si tu pouvais avancer sans moi. Non, ne te justifie pas, c'est bien naturel : la bride qui te rassurait te gêne à présent, et tu voudrais peut-être qu'elle soit plus lâche ? Ou, pourquoi pas, t'en libérer ?

Laisse-moi quand même te donner quelques conseils. Calme, calme, ma belle ! J'ai dit « conseils », je n'ai pas dit « menaces ». Laisse-moi te rappeler d'où tu viens, qui tu étais et comment tu en es arrivée là. Tu m'entends ?

N'oublie jamais ce que tu me dois.

MAÎTRE DE CONFÉRENCES DES UNIVERSITÉS – PRATICIEN HOSPITALIER (MCU-PH)

Aurait-on imaginé qu'un jour le *Titanic* puisse couler ?

Le moment où le service avait compris que la Pitié était submersible restait gravé dans la mémoire collective, on en parlait encore, régulièrement, comme des vétérans. On se remémorait le jour où le dernier des mandarins avait vu son pouvoir menacé par un chien d'administratif, le jour où nous avions entendu son cri ébranler la ville dans la ville, le jour où – que nous nous l'avouions ou non – nous avions tremblé avec lui.

Au début de chaque nouveau semestre, mon collègue Vincent Mézec – le cheval breton – et moi répondions aux mille questions de la dernière promotion d'internes, en veillant évidemment à attiser leur curiosité plus qu'à ne l'épancher. Vincent adorait l'exercice, son ironie transparaissait dans la subtile asymétrie de ses mâchoires carrées et, sous son épaisse mèche blonde en forme de virgule, on devinait la malice d'un clin d'œil.

Était-il vrai que R avait hurlé un jour, lui qui se faisait obéir en chuchotant ou en levant simplement la main droite ? Oui, vrai, tout cela était vrai. Mais qu'était devenu le chien ? Nous ne l'avions jamais revu, il n'avait jamais remis les pattes dans le service. Il paraît même qu'il avait demandé une mutation. Et que dire des rapports entre R et l'administration de l'hôpital ? Ils étaient devenus froids, épistolaires et électroniques.

Mais, s'il vous plaît, racontez-nous, racontez-nous encore cette journée, que s'est-il exactement passé ?

Nous relations à leur demande, encore et encore, en variant les termes, cette matinée exceptionnelle du 12 février 2014. Nous retracions les déflagrations, les gravats, nos blessures, nos séquelles physiques et les cauchemars qui depuis lors hachaient nos nuits. Je peux désormais l'avouer : devant tant de candeur, nous prenions plaisir à exagérer légèrement.

— J'ai bien cru qu'il allait tuer le Chiffre de ses mains.

— Mais non...

— Eh si !

Voilà pour la collision. Dans les mois qui suivirent, le service se mit à prendre l'eau de toutes parts. Mais à quoi le comprit-on pour la première fois ?

Était-ce le jour où la femme de ménage, à qui l'on avait demandé de nettoyer plus vite entre les blocs, s'était mise en arrêt maladie ?

Ou celui où le criollo avait piétiné son micro dans un accès de rage car le logiciel de dictée vocale ne reconnaissait pas son accent argentin ?

Ou bien celui où le percheron était parti à la retraite – à la suite de quoi son poste avait mystérieusement disparu dans les limbes administratifs ?

Mais que faisait le capitaine pour son navire ? Comment accepter que Jean-François, malgré l'indignation dont nous avions été témoins, se soit révélé impuissant ? S'était-il résigné ? Se battait-il encore, en coulisse, contre des forces qui le dépassaient ?

Le 2 novembre 2018, l'eau nous arrivait aux chevilles. Ce jour-là, fraîchement nommée maître de conférences après une année de mobilité à l'INSERM, j'accueillis au côté de Vincent la nouvelle promotion d'internes. Cinq petits poneys tout droit sortis du paddock (chaque année ils me semblaient plus jeunes) venaient de s'installer dans la lignée des startings. Ils se tenaient devant nous, blouses propres et badges neufs, yeux écarquillés et oreilles dressées, et nous nous amusions à réécrire, une nouvelle fois et encore différemment, la légende du service.

Il manquait un interne pourtant, il me semblait en avoir compté six sur la liste que j'avais reçue de la faculté. En cherchant le retardataire des yeux, j'aperçus au fond de la salle un jeune poulain planté devant le tableau blanc du service – le tableau métallique de deux mètres sur un mètre cinquante, fixé au mur en face du poste de soins infirmiers, partagé au feutre noir en six colonnes dont la première, un peu plus large, s'intitulait « Bloc 1 ».

C'était un jeune mustang. Ses bottines en cuir trempaient dans l'eau mais cela ne paraissait pas le déranger plus que ça. Étaient-elles étanches ? Où les avait-il achetées ? Il fallait peut-être que je pense à m'en procurer une paire, mes mocassins étaient si perméables, je n'en pouvais plus de travailler les chaussettes trempées et les pieds glacés.

Le garçon était perdu dans sa rêverie. Il s'imaginait certainement au bloc 1 au côté de Jean-François, bistouri dans une main et pince dans l'autre, échafaudait sûrement une stratégie pour y arriver, comme je l'avais fait moi-même à une époque, et comment lui en vouloir ?

Il reprit ses esprits et avança d'un pas décidé vers ses collègues. Il balaya la pièce d'un regard, puis bifurqua, non, tiens donc, c'est vers moi qu'il se dirigeait.

— Emmanuelle Mercier ?

Je crois bien que depuis que je travaillais à la Pitié, c'était la première fois que l'on s'adressait à moi aussi simplement. Prénom, nom. Comment le connaissait-il ? Car ces dernières années, j'avais été successivement ou concomitamment l'interne, la gamine, la rouquine, la pouliche, mademoiselle l'infirmière, Emmanuelle, docteur, madame la doctoresse, le poulain de Renavand ou, parfois, et je l'avais entendu à plusieurs reprises dans les couloirs, la « tepu » du patron. J'avais répondu « oui » chaque fois, relevé la tête à chacune de ces appellations, vraisemblablement je m'y reconnaissais, et puis, quelle importance ?

Et voilà qu'un *nobody* me rendait mon patronyme. Emmanuelle Mercier. Je me redressai.

— C'est moi.

— Je vois que tu opères au bloc 4 ce matin, est-ce que je pourrais t'assister ?

Et vas-y qu'il me tutoie.

— La greffe fécale de 10 heures ?

— Oui.

— On verra ça. Comment tu t'appelles ?

— Mustang.

Le jeune mustang s'appelait Mustang. Il devait avoir vingt-six, vingt-sept ans grand maximum. Il n'avait rien d'un poney, non, c'était... – oserai-je le dire sans rougir ? – c'était un étalon. Front haut, peau couleur bronze et grands yeux noirs, barbe irrégulière et chevelure brune coiffée-décoiffée façon acteur américain. Un grain dans la voix, un timbre chaud et rocailleux. La prononciation légèrement exotique.

— Tu viens d'où ?

— Du Montana.

— Du Montana... d'Amérique ?

— Tout juste.

— Les Rocheuses, les Grandes Plaines et le fleuve Missouri ?

— *Yes.*

— Mais mon pauvre, qu'est-ce que tu fous Paris 13e, tu t'es perdu ?

Mustang m'expliqua qu'il vivait en France depuis ses quinze ans. Il me raconta son enfance dans la ville de Missoula, la concession de voitures de ses parents, et puis la vie qui leur avait fait un sale coup : le cancer de son père quand Mustang avait douze ans, la chimiothérapie, les frais de santé exorbitants, la vente de la concession, l'hypothèque de la maison. Mary, sa mère, apprit par son vieil oncle qui habitait Paris l'existence d'un pays - un pays merveilleux - où l'on pouvait se faire soigner gratuitement.

— *No way !*

Si, si, assurait-il. Et du reste, c'était un pays où Mustang pourrait étudier sans frais dans les meilleures universités.

— *You are kidding me...*

— Pas du tout.

— Et comment les gens se déplacent-ils ?

— Y a le métro, bien sûr, mais il est sale, et la plupart des gens roulent en voiture ou en moto. Bon, ce sont des Peugeot, plus petites, moins puissantes que les Ford que vous vendez, mais le savoir-faire automobile français est de qualité, et elles tiennent correctement la route.

N'en jetez plus ! On irait vivre à Paris le rêve français. On apprit la langue et, encore plus *tricky* que les verbes irréguliers du troisième groupe, on s'entraîna à conduire avec une boîte de vitesses manuelle. Mustang embarqua dans l'avion avec ses parents, le cœur empli d'espoir, et la famille posa ses valises chez l'oncle de France, dans un deux-pièces à Ivry.

— Mustang, regarde, *sweetie*, si tu te penches et que tu clignes de l'œil gauche, tu peux apercevoir la tour Eiffel.

Le rendez-vous avec le cancérologue était pris, mais la maladie se moque des calendriers, et le père de Mustang mourut quelques jours après leur arrivée.

C'était décidé, Mustang ferait médecine. Et brillamment, s'il vous plaît. Pour finir son internat de chirurgie digestive, il avait choisi la Pitié car il souhaitait - tenez-vous bien - « travailler avec le docteur Emmanuelle Mercier ». Je n'en croyais pas mes oreilles.

Il me dit avoir tout lu sur les greffes fécales intra-intestinales, mes articles et tous les autres (on pratiquait désormais cette méthode aux quatre coins du monde, les publications foisonnaient). Il voulait que j'encadre sa thèse de médecine, et avait déjà défini un sujet, dont il me parlerait bientôt. Clin d'œil complice.

Depuis quand un interne choisissait-il son sujet de thèse ? Pensait-il avoir suffisamment de recul pour dégager les problématiques et les enjeux d'une spécialité ? Devant tant de confiance (en lui, en moi, en l'avenir...), je restai interdite. Et légèrement agacée.

En nous dirigeant vers le bloc 4, nous croisâmes Jean-François qui nous salua d'un hochement de tête. Mustang n'y prêta que peu d'attention. Nous nous préparâmes côte à côte. *Le Clavier bien tempéré* jouait en fond sonore. Mustang se lava les mains, s'habilla et enfila ses gants avec des gestes rapides, précis, calés sur la musique ; avant même qu'il n'incise, je sus qu'il appartenait à cette race de chirurgiens qui opèrent avec élégance, peut-être même – j'oserai le mot – avec grâce. Il ne m'assista pas ; je lui passai les instruments rapidement, et il opéra seul sous ma surveillance. En vérité, je crois bien que ce fut moi qui l'assistai.

— Voilà, c'est ici que tu inocules la greffe. Dans le duodénum. Vas-y, prends la seringue.

Il marqua une pause.

— Il serait peut-être plus judicieux d'injecter la greffe dans le jéjunum.

Avais-je bien entendu ?

— Fais ce qui est prévu ou je te reprends les instruments, et tu dégages de mon bloc.

— C'est juste qu'il y a une équipe japonaise qui le fait depuis peu, ils viennent de sortir un article...

— Dans le *Journal of American Surgery*. Je l'ai lu, qu'est-ce que tu crois ?

— Ta technique t'échappe, ça serait dommage que tu te fasses dépasser dans ton propre domaine d'expertise.

— Oh, mais ça va ? Pour qui tu te prends, petit con ?

Le petit con se rhabillait, l'air victorieux. Et s'il avait gagné d'avoir couché avec moi, étais-je au lendemain d'une défaite personnelle ? Pourquoi avais-je cette drôle d'impression de m'être fait baiser en me faisant baiser ?

À dire vrai, si défaite il y avait eu, je n'avais même pas combattu. J'étais tombée dans ses bras sans la moindre résistance, une nuit de garde, comme un fruit mûr se détache de son arbre un soir d'automne sous l'effet de la gravité. Ploc. La soirée avait été étonnamment calme. J'avais commandé un plateau de sushis que nous avions partagé en salle de garde, puis nous avions drainé ensemble un abcès ano-rectal vers 22 heures.

Peu avant minuit, je laissai Mustang à son triste sort de soldat de première ligne.

— Si t'as un problème, tu te démerdes, hein, tu ne me réveilles pas.

— Bien, Emmanuelle.

J'avançai de quelques pas, puis je fis volte-face.

— Bon, t'es en neuvième semestre, t'as déjà fait des gardes seul, ça va aller, n'est-ce pas ?

— Oui, bien sûr que ça va aller.

Je le dévisageai longuement.

— Je sais, c'est jamais simple, les premières gardes... tu es nouveau ici, tu n'as pas encore tes repères, et c'est bien normal. Si tu as le moindre doute, la moindre difficulté, tu m'appelles.

— Eh oh, Emmanuelle, tu m'entends ? s'esclaffa-t-il. Je te dis que ça va aller !

Moi, je ne riais pas du tout. Quel ingrat ! Ça m'apprendrait à être sympa. Je m'arrachai dehors, j'allais me coucher. Sur le chemin, je m'étais mise à tousser. Prise de soubresauts incoercibles, je dégainai ma Ventoline, mais c'était à croire qu'elle n'y pouvait plus rien. L'humidité glacée avait ravivé mon asthme, ma respiration était devenue spastique, les quintes de plus en plus nombreuses et violentes.

Ma chère Pitié, méconnaissable, prenait l'eau de toutes parts. Le sol suintait, les caniveaux débordaient, et sur les murs des bâtiments la peinture se boursouflait en cloques, des moisissures bourgeonnant çà et là en rosaces blanchâtres. Les nouvelles des autres services étaient préoccupantes. Ceux des rez-de-chaussée et des sous-sols en particulier. On racontait qu'en unité de soins intensifs cardiologiques, la flotte leur arrivait déjà à mi-mollet, et qu'en médecine interne on devait surélever les lits des patients. Jeudi prochain, on irait tous travailler un brassard de gréviste noué sur la blouse. Mais au bloc opératoire, une fois en habits stériles, qui le verrait ?

Parvenue à l'immeuble des chambres de garde, je manquai de trébucher, merde et merde, le sans-abri s'était déplacé sous le porche pour rester au sec.

— Putain, Charles, si tu changes de place à chaque fois, on va pas s'en sortir !

— Pardon, ma reine.

Une fois au lit, j'enfonçai mes écouteurs. Bach, Bach, encore du Bach. « La musique de Bach est une preuve de l'existence de Dieu », « Une musique qui fait du bien au corps et à l'âme », « Personne n'a plus fait de musique après Bach », et puis quoi encore ? Ça va l'exagération ? Y en a qu'un seul, de compositeur ? Ce soir, je m'en fous, j'écoute Satie, on a encore le droit de choisir sa musique, non ? Allez, va pour la première *Gnossienne*, mais comme c'est triste, et pourquoi je me mets à pleurer ?

À travers le son du piano, j'entendis soudain des percussions dissonantes. Quelqu'un tapait à la porte. Je me levai. J'ouvris grand. C'était Mustang.

— Qu'est-ce que tu veux encore ?

— *I want you, baby.*

Et voilà. Ploc. Aucune volonté. Je n'ai même pas répondu, c'est mon corps qui a dit oui, il a dit… il a dit prends-moi Mustang, il a dit j'ai froid Mustang, il a dit je n'en peux plus de cette solitude, je n'en peux plus de faire semblant d'être forte, je suis une faible femme Mustang, une moins-que-rien, un petit bébé, un petit baby, baby.

Cette nuit-là, étrangement, le téléphone ne sonna pas une seule fois. Les patients souffrirent dignement et en silence. Et autrement, les aurions-nous entendus ?

Mais après les folles nuits viennent les matinées. Et avec les premières lueurs du jour, la lucidité. Mon Dieu, qu'avais-je fait ? Je m'en voulais tellement, je me maudissais d'avoir cédé si rapidement, mais que valaient mes regrets, puisque déjà, alors même que nos corps se déliaient, alors même que la journée allait nous emporter chacun de notre côté, je rêvais de recommencer. J'étais foutue. J'étais... condamnée.

— Mustang ?

— Oui.

— Je crois qu'il vaut mieux qu'on ne fasse pas de publicité autour de ce qui vient de se passer.

— Mais pourquoi ? Une grande fille comme toi ne fait-elle pas ce qu'elle veut ?

— Personne ne fait ce qu'il veut.

Il haussa les épaules.

— Je crois que tu dramatises, Emmanuelle.

— Je reformule : si quelqu'un apprend qu'on a couché ensemble, je te tue.

— Mais Emmanuelle...

— C'est clair ?

— C'est très clair. Tu n'oublies pas ma thèse, tu en parles à Renavand ?

R m'attendait pour le café. 7h06, j'arrivai rouge d'avoir galopé, rouge de froid, rouge de honte ? La cafetière fumait déjà en embaumant la pièce de ses effluves de terre brûlée. Sous la lumière aveuglante de la lampe de luminothérapie placée sur la table, il m'était impossible de discerner les expressions de son visage. L'interrogatoire pouvait commencer.

— Et alors, tu es en retard ce matin ?

— Désolée, Jean-François, pardonne-moi, ça n'arrivera plus.

Il versa la décoction dans ma tasse.

— Ça a été, ta garde ?

— Oui, soufflai-je d'un filet de voix.

— Je n'ai pas entendu.

— Oui !

Merde, il savait tout. Il avait deviné. C'était sûr, il l'avait déchiffré sur mon visage. Il savait que j'avais couché avec Mustang, il savait que nos corps s'étaient aimés, il savait que j'avais envie d'être ailleurs, avec l'autre, de franchir les remparts de la ville dans la ville, de me promener sur les quais de Seine, d'aller au restaurant italien, de voir un film de Truffaut à la Cinémathèque, de prendre un taxi direction Roissy et un avion pour le Montana, de faire des randonnées à cheval sur les plaines sauvages, de dormir dans ses bras et de compter les étoiles.

Et que lisait R sur mon visage ? Que j'étais amoureuse ? Mais enfin, qui parle d'amour ici ? Quelqu'un ose-t-il parler d'amour ?

— Tu es bien silencieuse.

— Oui... enfin non. Je réfléchissais à ce nouvel interne, Mustang, il est vraiment, enfin... il a du talent et il en veut. J'aimerais diriger sa thèse de médecine.

— Tiens donc. Tu diriges des thèses, maintenant ?

— Pourquoi pas ? Je suis maître de conférences, je m'en sens capable, et puis... je crois qu'on tient un sujet.

R ébaucha un sourire.

— Tous les deux vous tenez un sujet.

— Oui.

— Par la main ?

Il se mit à rire.

— Laisse-moi t'en parler, Jean-François, je...

— Pense plutôt à ta carrière, au lieu de te préoccuper de celle des autres. N'oublie pas qu'en juin tu passes devant le

Conseil national des universités, puis le conseil de gestion de la faculté pour ton poste de professeur. Et que le doyen doit trancher.

— Le professeur Chabert, ton ami ?

— Lui-même.

— Mais mon dossier est excellent, j'ai plus de points SIGAPS que les dix derniers candidats nommés PU-PH à Paris-VI. J'assure déjà des cours magistraux à la fac, et l'encadrement d'une thèse serait un argument supplémentaire pour...

— C'est non, Emmanuelle.

— Mais enfin, je ne comprends pas...

J'avais six ans. Mais dans les hôpitaux, grandit-on jamais ?

— C'est comme ça et pas autrement. Et ce petit con d'interne, tu me l'envoies dans mon bureau.

La journée eut un arrière-goût tenace. Frustration avec une pointe d'humiliation. Mustang se prit un savon dans le bureau de R, ce fut une des internes qui me le rapporta dans la matinée. Elle l'avait vu sortir de chez monsieur le directeur le visage rouge et les lèvres pincées. Lui ne me dit rien de la journée, pas un mot, pas un texto. Par pudeur, ou peut-être par fierté. Garder la face, toujours. Se tenir droit. Pleurer dans les vestiaires. J'appréciai qu'il ne s'épanchât pas, qu'il ne se confiât pas à moi. J'y voyais la preuve qu'on était fait du même bois.

Les heures passant, je n'eus pas tellement le temps d'y penser. Des rajouts urgents, des avis demandés par téléphone, des tracas administratifs avaient étiré mon après-midi de consultations jusqu'à 20 heures. J'étais sur le point de raccrocher ma blouse lorsque je vis Jean-François sortir de son bureau et se diriger vers l'escalier. Il tenait dans sa main gauche une serviette noire poussiéreuse et fatiguée dont la moitié des lettres – Societ Fran aise de Chir rg e C ngrès de Cae 199 – avaient foutu le camp. Dans la main droite, un chapeau que je ne lui connaissais pas. Un chapeau en feutre brun, dont le fond était légèrement aplati, ceinturé d'une fine lanière en cuir noir. Ses bords étaient larges et subtilement concaves aux extrémités. Il se l'enfonça sur le crâne dès qu'il fut dehors. La lumière des lampadaires donnait au mince ruban de cuir des reflets mordorés. Hypnotiques. Je me mis à le suivre.

Quelle mouche m'avait piquée ?

Flottant doucement au-dessus du sol, le chapeau sortit à travers les remparts dans la grande ville, puis descendit le boulevard de l'Hôpital et bifurqua directement vers la gare d'Austerlitz. Il avançait sans hésiter dans le hall presque désert. L'heure de pointe était passée, la classe moyenne avait disparu. Quelques bleus de travail et de rares costumes de cadre supérieur parsemaient le quai du RER C. Le chapeau se glissa dans un wagon et je me faufilai derrière lui, à distance. Il s'installa sur un strapontin, dans le sens de la marche, et sortit de sa serviette une feuille de chou qu'il déplia et lut avec intérêt.

Dans un wagon du RER C, direction Saint-Martin-d'Étampes, un chapeau lisait le journal.

Il descendit à Savigny-sur-Orge et je l'imitai. Il chemina *piano piano* le long d'une sombre avenue pavillonnaire. J'étais concentrée comme si ma vie en dépendait, le chapeau, le chapeau, ne pas perdre le chapeau. Mais la nuit ne me facilitait pas la tâche, elle lui avait dérobé ses reflets, et il se fondait au noir de la ville, disparaissait parfois plusieurs secondes – mon regard titubait alors, perdu, éploré –, mais le spectre renaissait un peu plus tard à la faveur d'un mur beige, d'un véhicule blanc, ou d'une flaque d'eau. Il bifurqua à gauche, puis à droite, puis encore une fois à gauche.

Un chien aboya. La poisse ! J'étais repérée. Maudit chien ! Chut, Médor, tais-toi donc !

Le chapeau ralentit, hésita, mais finalement ne se retourna pas. Une dizaine de mètres plus loin, il s'immobilisa enfin, ouvrit le portail et entra. Chez lui ? Au 35, rue de la Liberté, à Savigny, un portail noir grillagé abritait une boîte aux lettres.

RENAVAND.

C'était bien chez lui.

JEAN-FRANÇOIS... et CHANTAL.

Sa fille ? Sa mère ? Une réfugiée syrienne ?

M. ET MME.

Impossible. C'était sûrement une erreur. Une plaisanterie de mauvais goût. Monsieur Jean-François Renavand habitait avec sa femme madame Renavand Jean-François dans un pavillon de banlieue ? Et puis quoi encore ? Un plan épargne retraite et une concession à Menton ?

Mon cœur se serra, puis se mit à battre si puissamment qu'il résonna dans mes oreilles. Ma respiration s'accéléra. Je tentai de me raisonner. Les apparences étaient souvent trompeuses, n'est-ce pas ? Il y avait forcément une explication, pensai-je. C'était trop simple pour être vrai. Trop facile. Trop évident. Et Jean-François n'était pas homme d'évidences.

Il fallait à tout prix que j'en sache plus. Évidemment, le portail était fermé à clef. Le pavillon était éclairé, mais la façade antérieure de la maison n'était ornée que d'une maigre lucarne rectangulaire en verre dépoli : je devais trouver une perspective plus dégagée. Je contournai le portail et découvris un terrain triangulaire, formant un angle droit entre deux rues. Juste avant la naissance du mur, l'extrémité du grillage donnait sur le jardin. Des arbustes peu fournis ceinturaient un terrain d'une trentaine de mètres carrés, élégant, propret. L'œuvre de Chantal, certainement ! Oh oui, elle y avait mis du soin, la Chantal, elle devait y passer tout son temps libre, elle avait planté un potager d'aromates dans une jardinière en bois rectangulaire, et sûrement le matin venait-elle cueillir quelques branches de thym frais pour son civet du soir. De fins chapelets de lierre escaladaient les murs de la maison, et au sol, bien sages et bien rangés, rhododendrons, hortensias et autres fleurs de banlieue jonchaient un bon tiers de la pelouse. Je devinai les magazines de jardinage classés par thème dans la bibliothèque du salon, et j'en eus la nausée.

Et Jean-François, sur quel ton félicitait-il son épouse chérie pour cette œuvre si aboutie ?

Je n'étais pas au bout de mes peines. Non, ce soir-là, rien ne me serait épargné. À l'arrière-plan, une baie vitrée et en transparence, le salon éclairé. Chantal ressemblait terriblement à une Chantal. Elle en avait l'âge, bien sûr, la soixantaine approchante, mais aussi, je devais bien me l'avouer, une forme d'élégance et de douceur, dans sa chemise crème immaculée. Ses cheveux bruns entouraient un visage doux d'un carré chic et naturel. Quand même, elle était plutôt jolie. Heureusement, elle était grosse, cela me soulagea un peu.

La Daronne s'assit aux côtés de R, à la table de la salle à manger avec vue sur le jardin. Elle lui servit à dîner en souriant. Jean-François mangeait avec appétit – lui qui à l'hôpital ne picorait que des fruits secs, c'était comme s'il s'incarnait pour la première fois. Leurs lèvres bougèrent à tour de rôle, harmonieusement. Ils se racontaient leur journée (lui arrivait-il de citer mon nom ?). Sur le visage de Jean-François, je guettais un signe de lassitude, ou bien d'agacement, mais rien ne vint. Rien. Il avait l'air... heureux ? N'exagérons rien. Paisible.

Mais c'était déjà trop.

Et puis, au coin du jardin, un objet m'apparut, dont la vue me pétrifia : un vélo d'enfant à trois roues. J'imaginais à présent deux grands garçons, des hommes, Jean-Paul et Jean-Charles, et une première petite-fille de cinq ans, Louise, choyée, adorée, accueillie comme une reine les dimanches après-midi.

Une amertume m'envahit soudain. Je repensai à tout ce temps sacrifié à R, à la *cause*, aux soirées passées à l'hôpital auprès des patients de son service, aux week-ends en congrès à espérer le croiser, à ces articles écrits pour l'impressionner. Toutes ces étapes traversées, une à une, pour le rejoindre au sommet. Un grand gâchis. Tout ce temps, lui, il l'avait consacré à sa bonne femme. Tout ce temps, il avait renforcé les fondations de sa famille, l'œuvre la plus précieuse de sa vie. Et comme cette vie l'avait ramolli ! Pouvait-il se battre dans ces conditions ? Il avait abandonné son service aux crocs des administratifs, et tant pis si on crevait.

Mon ventre s'alourdit, comme lesté d'un boulet. Combien il me coûtait d'entailler la belle idole façonnée de mes mains depuis tant d'années ! Abîmer son image m'était insupportable et je préférai m'en prendre à moi-même. Qu'avais-je cru ? Que j'étais tout pour lui ? Mais quelle idiote !

Deux grosses larmes coulèrent sur mon visage.

— C'est toi, Emmanuelle ?

Papi et mamie Renavand avaient disparu du salon. Je me retournai brusquement : Jean-François se tenait en face de moi. J'étais grillée. Je n'avais plus rien à perdre.

— Non. Ce n'est pas moi, répondis-je avec aplomb.

Il s'approcha.

— Mais tu pleures ?

— Non.

— Emmanuelle, pourquoi m'as-tu suivi jusque chez moi ? Qu'est-ce que tu veux ?

Ce que je voulais, moi ? Je ne pouvais pas le laisser dire ça. Qu'il retourne la situation de cette façon m'était insupportable.

— Ah non, Jean-François. Tu n'oses quand même pas me demander ça ? *Toi*, tu attends quoi de moi ? *Toi*, tu veux quoi, bon sang ?

Je sentis mon visage chauffer, mes genoux faiblir. Je chancelais. J'étais à bout de force. Je me retins au grillage pour ne pas m'écrouler. C'est alors que sur son visage se dessina un sourire.

— Te voir dans cet état. Ça me suffit, Emmanuelle. Je n'en demande pas plus. Allez, rentre chez toi. Et fais-moi plaisir, prends quelques jours de vacances, tu as mauvaise mine.

Ce n'était pas le Montana, non, mais en arpentant les sentiers de la forêt de Retz sur le dos de mon bel Ajax, il m'apparaissait que si je me focalisais sur quelques éléments séparément – l'odeur puissante des résineux, ou les marbrures ambrées du soleil sur les racines des hêtres, ou encore le claquement d'ailes d'une mésange en fuite – on pourrait s'y croire. Enfin, disons que je m'y croyais, que j'aimais m'y croire, que ça me mettait en joie de parler le chewing-gum et de chantonner des airs de country sur le dos d'Ajax.

Et puis j'atterrissais. Mes œillères tombaient. Mon champ de vision s'élargissait. Non, vraiment, rien à voir. Une cousine moins sensationnelle, la française, plus étriquée, non sans charme certes, mignonne, mais un chouïa plus modeste et clairement moins photogénique.

J'étais arrivée à Villers trois jours plus tôt, et, tel un cheval entre deux courses, un boxer entre deux rounds, mes parents m'avaient nourrie et perfusée. Ils s'occupaient de moi comme d'une convalescente à coups de tisanes, de bains infusés d'eucalyptus, de gratins de légumes, de tartes aux fruits et à la chantilly. Étais-je à ce point malade ?

Ce matin-là, je descendis l'escalier et trouvai mes parents déjà attablés. Le café fumait, c'était celui que j'aimais, doux, un peu lavasse, jamais méchant.

— Tu veux des œufs ?

— Oui, maman, merci.

Mon père se redressa sur sa chaise et s'éclaircit la voix pour prendre la parole. Je sentis à son air solennel qu'il s'agissait d'une annonce. Je posai ma tasse.

— Électre est prête.

— Quoi ? Déjà ?

— Mais oui, déjà... Figure-toi qu'elle a trois ans passés ! Vu son histoire compliquée, on a voulu lui laisser du temps, mais ses courbes de croissance sont parfaites, et elle a bon caractère. Ta mère a pas mal travaillé avec elle le mois dernier. Électre a fait des pas de géant. Elle est désensibilisée, elle donne les pieds facilement et cède aux pressions du licol.

Il s'arrêta un instant, se resservit du café.

— On en a pas mal discuté avant que tu n'arrives, on aimerait beaucoup que tu t'en occupes, Emmanuelle, tant que tu es là. N'est-ce pas, Anne ?

Ma mère hocha la tête en signe d'approbation.

— Vous êtes sûrs ? Je ne reste qu'une quinzaine de jours, ça fait un peu juste...

— Avance tranquillement, à ton rythme, au sien surtout. Mais à mon avis, tu peux commencer les cercles en longe en extérieur, la météo prévoit du soleil pour les prochains jours. Tu sais, on a des journées pleines, entre l'épidémie de fièvre des moutons d'Arnoux, Rachid qui s'est foulé la cheville, ta mère assure seule les cours d'équitation depuis une quinzaine de jours. À vrai dire, ça nous rendrait service.

Mon père mentait effrontément. Débourrer un cheval n'était pas un service qu'on demandait, comme ça, pour dépanner. C'était un honneur qu'on accordait. C'était une responsabilité immense, vertigineuse. Ce qui allait se jouer, c'était le rapport entre Électre et l'humanité tout entière.

— J'essaierai d'être à la hauteur de l'enjeu.

— Tu ne peux pas répondre « OK » ou « D'accord », comme tout le monde ? soupira ma mère.

Je retrouvai un peu plus tard ma belle alezane dans son box, pour la saluer, lui porter la bonne nouvelle, lui expliquer ce qui allait se passer. Elle recula, légèrement défiante, mais je m'immobilisai quelques minutes et la laissai se rapprocher de moi lentement, avec une curiosité contenue.

Je lui souris, puis me mis à lui parler. Les mots vinrent tout seuls, par flots, j'avais du mal à les réfréner, tant ils débordaient. Je lui dis que c'était un grand jour pour elle, un grand jour pour moi, qu'on allait faire de belles choses ensemble. Je ne la lâchais pas des yeux, je guettais ses réactions. Je me mis à la toucher, délicatement, lentement, à exercer des pressions douces avec la paume de mes mains, le chanfrein d'abord, l'encolure, le garrot. Puis mes mains s'arrondirent et je me mis à gratter sa chair, doucement, puis plus vigoureusement. Elle se tenait tranquille, mais elle respirait rapidement, son cœur battant à tout rompre – aussi fort que le mien. Mes mains se dirigèrent vers sa croupe, et elle eut un soubresaut, qu'elle contrôla. Je les descendis ensuite sur ses membres postérieurs, lui curai les sabots l'un après l'autre, les brossai doucement, et à nouveau je remontai les mains, tout en la fixant, tout en lui parlant, les membres antérieurs, le flanc, l'encolure. Les yeux dans les yeux.

Je lui passai le licol et l'entraînai vers l'extérieur par la longe.

Allez, ma jolie, hein, on va sortir, viens avec moi, suis-moi, regarde dehors, vois comme c'est beau, le soleil sort en même temps que nous, c'est toi qui le fais venir ! Entre par ici, voilà, bien, c'est ça !

Je retirai ma veste, que je déposai sur la clôture. Au centre du rond de longe, je fis une courte halte. Électre s'immobilisa à mes côtés. Je lui expliquai ce que j'attendais d'elle. Après que je l'eus accompagnée à la périphérie, nous traçâmes ensemble des cercles au pas. Je m'arrêtais. Elle s'arrêtait. Je la félicitais. On recommençait. Aux premiers signes de lassitude, j'écourtais la séance, je sortais la promener au-dehors, elle se régalait d'herbes hautes et secouait la tête comme un cheval fou.

Au fil des jours, je desserrais la longe, me rapprochais peu à peu du centre. Électre cassait encore les cercles en fin de séance, mais elle acceptait peu à peu la distance entre nous, je tournais désormais sur mon axe central sans la quitter des yeux. Une toupie lente en équilibre. Et puis, enfin, quand je la sentis prête, je retirai la longe, l'enroulai, et battis la mesure avec le rouleau de corde sur ma cuisse, pour insuffler un rythme à mes directives. Électre traçait de larges cercles, au pas, au trot, au galop.

Un matin, je rajoutai le filet et je la sellai.

Électre comprenait tout. Elle acceptait tout. Elle se donnait, entièrement, pour quelques encouragements. Elle se donnait, entièrement, *pour du vent*.

— Emmanuelle, il y a quelqu'un pour toi !

Je montais Électre pour la première fois, au pas, quand Mustang apparut au loin, lunettes de soleil, blouson en cuir à la main. Il faut croire que le beau gosse m'avait retrouvée dans mon bled perdu de Picardie. Lui avais-je laissé l'adresse ?

Au dîner, je reconnus – avec une légère gêne – la vaisselle des grandes occasions, la carafe en cristal, la salière et la poivrière en argent. Et mes parents dans leurs petits souliers. C'était un repas de noces que ma mère nous avait préparé, en quelques heures à peine. Elle s'agitait, s'excusait, bafouillait.

— Normalement, ça cuit sept heures, un agneau, mais je ne savais pas que... enfin, je m'y serais prise plus tôt. J'espère que la viande est assez tendre. Ça va, elle est assez tendre ?

— C'est délicieux, madame.

Mes parents se retirèrent après le café. Mustang fouilla dans son sac, puis déposa une liasse de feuilles imprimées sur la table. Il avait terminé la rédaction d'une étude sur laquelle nous travaillions tous les deux – en toute clandestinité – depuis six mois. Jéjunum *versus* duodénum, les résultats étaient univoques : une perte de poids plus marquée, une récupération plus rapide des patients après la chirurgie. Une nouvelle vérité scientifique avait chassé la précédente, il fallait s'y soumettre. Jean-François y parviendrait-il ?

— L'article est bien, Mustang.

— Je sais.

— Pas de triomphalisme, s'il te plaît. Je te fais mes corrections la semaine prochaine. Et tu attends avant de l'envoyer.

— Pourquoi ?

— Je veux en parler à Jean-François d'abord. Je veux le lui

faire lire. Je suis sûre qu'une fois qu'il verra les résultats, il comprendra.

— Alors pourquoi attendre ?

Mustang avait raison. Pourquoi attendre l'aval d'un homme qui faisait passer son ego avant la science ? S'il n'avait pas soutenu le projet, c'était que l'idée ne venait pas de lui, tout simplement. Mais il fallait qu'il s'y plie, à cette nouvelle vérité, telles étaient les règles du jeu. Après tout, c'était lui qui me les avait apprises !

— Vas-y, Mustang. Envoie l'article.

Il me répondit d'abord par un sourire, si péremptoire, si satisfait. Puis il ajouta :

— C'est déjà fait.

C'était une crue lente et progressive, inexorable, qui exsudait depuis des mois du sol de la ville dans la ville. Elle avait infiltré les bâtiments de soins, de façon inégale d'abord, et ceux qui, dans les premières semaines, se croyaient épargnés, accueillirent avec résignation les premières infiltrations au début de l'hiver.

Car tous les bâtiments étaient finalement touchés. Au printemps, le niveau de la nappe était homogène, atteignant dans tout l'hôpital un bon mètre cinquante de hauteur, et abritant désormais tout un écosystème, des algues essentiellement, quelques batraciens et des anguilles de petite taille. Quant aux souris, elles avaient grimpé d'un étage. Charles le sans-abri avait sûrement fait de même. Les rez-de-chaussée et les sous-sols avaient été condamnés, certains services avaient fusionné, des lits avaient été fermés, les aménagements se multipliaient. On négociait tout, tout le temps, et avec tout le monde.

— J'ai deux patients à hospitaliser mais j'ai plus de lits, tu me les prends contre l'accès à un échographe en bon état ?

Les remparts de l'hôpital agissaient comme des écluses qui protégeaient de l'humidité les riverains du 13e arrondissement. Mille inscriptions de toutes sortes avaient proliféré au-dehors, des slogans faciles – « L'hôpital se noie ! », « Les soignants sont sous l'eau », « SOS hôpital en détresse » – qui ne faisaient réagir personne. Depuis le deuxième étage du bâtiment Cordier, j'observais les gens marcher sur le boulevard de l'Hôpital, à moins d'une centaine de mètres, dans la grande ville. Le béton y était sec les jours ensoleillés, détrempé les jours de pluie, et je m'en émerveillais, car passé l'entrée de la Pitié, c'était comme si le sol et le ciel ne se répondaient plus.

Des navettes fluviales avaient remplacé les bus, certaines – médicalisées – déposaient les patients à l'entrée des bâtiments. Les services déficitaires comme le nôtre devaient se contenter de barques ; les rares autres, bénéficiaires grâce à la tarification à l'acte, comme la radiologie ou la biologie médicale, avaient négocié avec l'administration des bateaux à moteur. Quant aux internes, après s'être plaints à leurs syndicats, après avoir rédigé toutes sortes de pétitions, ils s'étaient confectionné de petits radeaux de fortune. Des coquilles de noix plus ou moins étanches. Comme à chaque fois, certains s'en sortaient mieux que d'autres, on pouvait les voir s'amuser sur les Jet-Skis empruntés à leurs chefs. On en avait même vu organiser des concours de figures. La fête, toujours la fête. On n'allait quand même pas se laisser abattre !

Et moi, je toussais de plus en plus. C'était comme si l'eau avait infiltré mes alvéoles, et comment faire la différence entre naufrage individuel et collectif ? Cette question m'assaillait régulièrement. Était-ce moi qui me noyais ? Le service de chirurgie viscérale ? La Pitié ? Toute l'APHP ? On pouvait aller loin comme ça, et j'en avais le tournis.

Le système de santé ? Le service public ? La France ?

— Mais j'y pense, toutes mes félicitations, Emmanuelle ! Un *New England*, ça se fête, n'est-ce pas ?

C'était Jean-François. Une douleur acérée me ceintura le ventre. Mes mains s'immobilisèrent brièvement, mais je repris ma suture, je contins les tremblements, fis comme si de rien n'était, comme si tout allait bien. L'article était sorti, donc, et c'était lui qui me l'apprenait, au beau milieu d'une chirurgie compliquée. Était-ce un hasard s'il avait choisi ce moment pour m'assener un coup de poing, alors que mes mains - menottées dans le corps d'une patiente - avaient baissé la garde ? Était-ce un hasard s'il m'avait sollicitée justement ce matin pour l'assister sur une chirurgie carcinologique qui allait durer plusieurs heures ? Le numéro du *New England* du mois de juin ne sortait que le lendemain. Lequel de ses amis bien placés l'avait prévenu en avant-première ? Depuis quand était-il au courant ?

L'enceinte diffusait un concerto pour piano de Bach, mais cette pièce-là, cette tonalité-là m'étaient véritablement inconnues. Il y avait quelque chose de dissonant et d'un peu grinçant dans la mélodie. Je sentis mon corps s'engourdir peu à peu, mes gestes ralentir, ma respiration s'accélérer sous mon masque. Ma vue se brouilla légèrement.

— Ça va, Emmanuelle ? Tu te sens bien ?

Je levai les yeux, difficilement, vers ceux de Jean-François. Son regard semblait serein, le ton qu'il avait emprunté ne laissait transparaître aucune colère, aucune ironie, et je me mis à douter un instant. Était-il possible, était-il envisageable, y avait-il une probabilité même infime que ses félicitations soient sincères ?

Je me tins en équilibre sur cette pensée les quelques heures que dura la chirurgie. Entre le côlon sectionné, le foie amputé, l'utérus et les ovaires retirés, les nodules péritonéaux réséqués, j'avais ôté plus de deux kilos de tumeur. Mais je restais sur ma faim, comme si le travail était inachevé. Comme si le problème demeurait là, en face de moi. Jean-François. Il était si loquace ce matin, il plaisantait avec l'anesthésiste, souriait derrière son masque, commentait chacun de mes gestes. Il replaçait parfois mes mains comme il l'aurait fait avec un interne de premier semestre, devant tous les spectateurs du bloc opératoire, les panseuses, l'infirmière, l'interne, les externes. Le bloc était une scène de théâtre, on le savait, on l'avait expérimenté plus d'une fois. Je n'allais quand même pas m'en étonner aujourd'hui !

Je n'avais jamais autant haï Jean-François que ce jour-là. Pour le faire taire, pour qu'il s'arrête, je crois bien que j'aurais pu le tuer.

Mais je n'ai rien fait. Je n'ai pas bougé. Je n'ai même pas répondu.

Je l'avais évité les jours suivants, nous n'avions pas reparlé de cet article dans le *New England*, l'article de la honte. J'évitais Mustang aussi, dans les couloirs, je ne répondais plus à ses appels, je n'avais plus envie de le revoir, il m'était impossible d'effacer de ma mémoire cette expression prétentieuse qui s'était inscrite – irrémédiablement – sur son visage.

Et pourtant, c'était moi l'arrogante, n'est-ce pas ?

Je comparaissais devant le conseil de gestion de la fac le jeudi 20 juin à 10 heures du matin, ma clef USB à la main. C'était un oral, je devais y présenter ma vie, mon œuvre, mes titres et travaux dans un PowerPoint joyeux et avec le sourire, puis répondre le mieux possible aux quelques questions des membres du comité.

J'attendis devant la salle, puis un homme m'ouvrit la porte, me demanda ma pièce d'identité et me laissa entrer. Je n'avais jamais vu autant de professeurs au même endroit, tous assis, tous si attentifs. On aurait dit des étudiants. Il y en avait des grands, des petits, des gros et des moins gros, des à lunettes et d'autres encore à lunettes, des à chemises rayées, beaucoup, beaucoup de pantalons, quelques jupes aussi (et quelles jupes, mon Dieu !).

Si l'on voulait renverser l'université, c'était ici et maintenant. D'autres avaient dû y penser avant moi, très certainement. Je cherchai R des yeux mais ne le trouvai pas dans l'assemblée. Il était sûrement en retard, il allait arriver, la veille on s'était brièvement salués, il m'avait dit « à demain », alors il n'allait pas tarder.

Mais il ne vint pas.

On me demanda si je savais où il était, et on me pria de le joindre sur son téléphone portable. Mais il n'en avait pas. Je composai le numéro de son bureau; sa secrétaire m'assura qu'elle ne l'avait pas croisé de la matinée.

Combien d'examens avais-je passés depuis le début de mes études de médecine? Et au-delà de la cent cinquantième épreuve, comment s'en émouvoir encore? Depuis bien longtemps, je ne branchais plus qu'un seul réveil, je ne vérifiais plus mes stylos. J'y allais machinalement, tranquillement, comme on va à la banque, comme on va au marché. Mais là, c'était différent. C'était l'examen ultime, l'accès au titre suprême. J'étais inquiète comme une étudiante de première année. Et sans la présence de Jean-François, je me sentais une moins-que-rien. Une handicapée. Les deux jambes cassées.

La présentation fut pathétique. La voix chevrotante, les mains tremblantes, le sourire forcé. Je répondis comme je pus aux quelques questions de l'auditoire.

Avant de me libérer, le doyen m'annonça que la réponse me serait envoyée le lendemain dans la matinée, tout en me jetant un regard désolé et en secouant la tête.

— Vous comprenez bien que sans le soutien de votre chef de service...

Dans le couloir, les autres candidats m'apostrophèrent immédiatement.

— Alors, alors, comment ça s'est passé? Ils te posent quoi comme questions?

Laissez-moi passer, bon sang ! Je n'avais rien à déclarer. Je sortis, sautai dans ma barque et me mis à ramer de toutes mes forces le long de la Pitié noyée, et à travers la ville dans la ville défilèrent des reliefs émergés, des lampadaires et des arbres tronqués, des restaurants et des amphithéâtres désertés. Enfin, au loin, elle m'apparut, flottant sur l'eau comme une formidable bouée blanche, plus belle que jamais, la chapelle Saint-Louis !

Je laissai ma barque à l'entrée et descendis dans l'eau tout habillée. Elle m'arrivait à la poitrine et me glaça les chairs, si bien que je me mis à tousser. Je poussai la porte de toutes mes forces, l'eau exerçait contre moi une résistance dont je triomphais péniblement.

Mais quel désastre dans la maison de Dieu ! Je déplaçais en cheminant d'innombrables objets flottant en désordre dans l'eau grise, des prie-Dieu recouverts d'un velours rouge bruni, des bancs d'église, mille cierges éparpillés. Les tableaux avaient été décrochés et évacués. En hauteur il ne restait que Jésus, droit sur sa croix.

L'orgue résonnait autrement dans la chapelle inondée, le son y était déformé. Mais c'était du Bach, sans aucun doute. Il n'y avait guère que Jean-François pour répandre la lumière en pleine tourmente. Il se cachait ici, comme je l'avais supposé. Il fallait que je lui parle, le cours des choses était encore rattrapable, un coup de fil au doyen suffirait à tout arranger. Je montai les marches et trouvai R dans des vêtements secs (mais comment avait-il fait ?), assis devant les claviers de l'orgue, les mains et les pieds dans un mouvement délicat et articulé, les yeux rivés sur sa partition.

— Jean-François ?

Il poursuivait son prélude.

— Jean-François, pourquoi ? Pourquoi ?

J'éclatai en sanglots. Il s'interrompit, se leva, prit mes mains dans les siennes. Je plongeai dans ses bras, et il m'enserra quelques instants. Son corps maigre était comme inerte, je n'en retirai aucune chaleur.

— Que s'est-il passé, Emmanuelle ?

— Je... je ne sais pas. Aide-moi, Jean François, aide-moi à réparer ça.

Il mit quelques instants à me répondre.

— Est-ce qu'on mord la main qui donne à manger ?

— Non. Pardonne-moi. Pardonne-moi, Jean-François.

— Je ne peux plus rien pour toi.

J'aurais pu argumenter, supplier encore, mais j'étais à bout de force.

— Va, Emmanuelle. Va-t'en et laisse-moi.

Je demeurai face à lui, pétrifiée. Son visage était lisse, dépourvu d'expression. Impitoyable.

— Allez, ouste !

Mon regard soutenait encore le sien.

— Mais va, bon sang !

D'une main, il me poussa à l'épaule et je faillis perdre l'équilibre. Sonnée, hébétée, je dévalai l'escalier en colimaçon et nageai vers la sortie. Dehors, ma barque m'attendait, je m'y hissai et dénouai le nœud d'attache. J'étais exténuée. Je jetai les rames dans l'eau, m'effondrai et laissai la barque dériver. Je ne pleurais plus. Dans le ciel nu, le soleil s'était mis à chauffer, je fermai les yeux, je sentais l'eau s'évaporer peu à peu, quitter mon corps et mes vêtements, c'était une drôle de sensation.

Lorsque la barque heurta un bord, je m'éveillai doucement. Combien de temps m'étais-je assoupie ? Plusieurs heures au moins, car il faisait déjà nuit et mes vêtements étaient presque secs, légèrement amidonnés. Je m'assis et observai les alentours. La soirée était douce, les lumières de la grande ville se reflétaient dans l'eau et scintillaient de couleurs vives. Je trouvai une échelle, il y en avait plusieurs enchâssées dans les remparts, grimpai, m'assis un instant au sommet du mur, les jambes pendant du côté extérieur. À quelques mètres de moi, sur la droite, j'aperçus le criollo. Le pauvre homme se tenait debout en équilibre sur la crête et écopait avec un seau attaché à une corde l'eau de l'hôpital qu'il balançait de l'autre côté. C'était donc vrai ce que l'on racontait à son sujet, il était bel et bien devenu fou.

Et au-dehors, qu'y avait-il au juste ?

Je descendis sur le boulevard de l'Hôpital et me mis à marcher dans la grande ville. J'avais terriblement faim, l'impression de n'avoir rien mangé depuis plusieurs jours. Je m'attablai à une terrasse. Elle était pleine d'étudiants qui buvaient, fumaient, riaient, se tapaient dans le dos. La fête, n'est-ce pas, toujours la fête. Mais ce soir-là, pour la première fois, je ne les pris pas de haut, je me dis que c'étaient eux qui avaient raison.

Je bus mon verre de vin cul sec, comme une eau-de-vie. Mes yeux se mirent à piquer. Oh, non, pas pleurer, allez, j'allais m'en sortir, j'étais encore jeune, j'avais la santé.

J'avais perdu mon maître, mais il me restait un métier.

Crédits des illustrations

Page 32 : © iStockphoto.com/Laura Fokkema ; © iStockphoto.com/slowmotiongli ; © iStockphoto.com/jeanma85 ; © iStockphoto.com/GlobalP ; © iStockphoto.com/Abramova_Kseniya

Page 33 : D'après un document © Direction de la Communication PSL - CFX - AP-HP - mars 2018

Page 79 : D'après le © Thésaurus national de cancérologie digestive, disponible sur le site de la Société nationale française de gastro-entérologie

Conception graphique : Philippe Apeloig.
Composition : Utibi.

Imprimé par Grafica Veneta à Trebaseleghe (Pd).
Dépôt légal : janvier 2023.
Imprimé en Italie.

ISBN : 978-2-207-16570-6.

441113